D0197147

Cuando México perdió la esperanza

Francisco Martín Moreno

Cuando México perdió la esperanza

WITHDRAWN

ALFAGUARA

Cuando México perdió la esperanza

Primera edición: octubre, 2020

D. R. © 2020, Francisco Martín Moreno

D. R. © 2020, derechos de edición mundiales en lengua castellana:
Penguin Random House Grupo Editorial, S. A. de C. V.
Blvd. Miguel de Cervantes Saavedra núm. 301, 1er piso,
colonia Granada, alcaldía Miguel Hidalgo, C. P. 11520,
Ciudad de México

www.megustaleer.mx

Penguin Random House Grupo Editorial apoya la protección del *copyright*.
El *copyright* estimula la creatividad, defiende la diversidad en el ámbito de las ideas y el conocimiento,
promueve la libre expresión y favorece una cultura viva. Gracias por comprar una edición autorizada
de este libro y por respetar las leyes del Derecho de Autor y *copyright*. Al hacerlo está respaldando a los autores
y permitiendo que PRHGE continúe publicando libros para todos los lectores.

Queda prohibido bajo las sanciones establecidas por las leyes escanear, reproducir total o parcialmente esta obra
por cualquier medio o procedimiento así como la distribución de ejemplares
mediante alquiler o préstamo público sin previa autorización.
Si necesitas fotocopiar o escanear algún fragmento de esta obra diríjase a CemPro
(Centro Mexicano de Protección y Fomento de los Derechos de Autor, https://cempro.com.mx).

ISBN: 978-607-319-832-5

Impreso en México – *Printed in Mexico*

El papel utilizado para la impresión de este libro ha sido fabricado a partir de madera
procedente de bosques y plantaciones gestionadas con los más altos estándares ambientales,
garantizando una explotación de los recursos sostenible con el medio ambiente y beneficiosa para las personas.

A mis compatriotas que no tomaron en cuenta
las enseñanzas de la historia ni se preocuparon
de estudiar la personalidad anacrónica y
destructiva de AMLO, y votaron sin imaginar
los terribles peligros de volver a convertir
a México en el país de un solo hombre…
Y, para la ruina de México, ganaron…

Primera parte

La política es el arte de buscar problemas, encontrarlos, hacer un diagnóstico falso y aplicar después los remedios equivocados.

Groucho Marx,
actor y cómico

Todo parecía indicar el ensayo de una escena cómica. Antonio M. Lugo Olea, AMLO, primer mandatario de México, y Mariano Everhard, secretario de Relaciones Exteriores, se encontraban reunidos en Palacio Nacional, precisamente en el despacho presidencial. Ambos permanecían mudos, impertérritos, inmóviles, con la mirada clavada en el aparato telefónico, un monstruo color rojo dispuesto a eructar en cualquier momento. Era posible escuchar el batir de las alas de un díptero. De tiempo en tiempo, los dos altos funcionarios cruzaban miradas congestionadas por la ansiedad. Donald Trump, a través del Departamento de Estado, había solicitado a la cancillería mexicana una conversación entre ambos presidentes a las 4 de la tarde, hora de México. Había transcurrido media hora más de lo acordado y, sin embargo, la llamada tan esperada no se producía. ¿Trump se daba a desear otra vez o comprobaba de nueva cuenta su manera de imponer su autoridad? En cambio, cualquier presidente o primer ministro, ¿iba a enfrentar las consecuencias de no llamar en punto de la hora acordada al jefe de la Casa Blanca? Solo cabía, entonces, la posibilidad de resignarse y someterse al imperio del norte, a la voz sonora del amo, al tronido de sus dedos, les pareciera o no. ¿Cuál dignidad? Ni cómo cuidar la fachada. ¿Cuál fachada? El tan cantado tema de la soberanía funcionaba a la perfección solo en los discursos populacheros de campaña entre descamisados. Su única preocupación por el momento se llamaba Trump, Trump y solo Trump, bueno y, claro estaba, también *Trum*… ¿Conclusión? Sentarse paciente o impacientemente a esperar… Un político incapaz de masticar un ratón vivo sin hacer una sola mueca de asco habría equivocado su profesión.

No resultaba sencillo, en lo absoluto, intercambiar puntos de vista con el hombre más poderoso del mundo en el orden militar, económico, comercial y tecnológico. Más complejo aún, si se trataba de un sujeto agresivo, intolerante, mal educado, soberbio y altanero, incapaz de aceptar puntos de vista ajenos, acostumbrado, además, a imponer siempre su ley y a aplastar a sus adversarios con el dedo pulgar contra la cubierta de su escritorio, como si machacara una pulga.

Los cerezos florecientes a finales de abril y mayo estarían pintando de rosa las márgenes del Potomac y sus alrededores, en tanto los fríos del noreste norteamericano habían desaparecido por completo y los días se hacían cada vez más largos y tibios. Los jardines de la Casa Blanca, con su colorido séquito de aves y flores, estarían relucientes con el feliz y cálido arribo de la primavera y su magia de la vida. Las primeras mariposas festejaban, en su vuelo rítmico y apresurado, el final de las fatales heladas. Sí, lo que fuera, pero el teléfono no sonaba. ¿Se trataría de una confusión? De buen tiempo atrás habría concluido el *lunch time* en la capital de los Estados Unidos. ¿Qué ocurriría?

De vez en cuando se escuchaba el grito rutinario de uno de los vendedores ambulantes de la calle de Corregidora, a un lado del Zócalo capitalino:

—¡Hay memeeeelaaaas! ¡Llévelas por 20 pesos, por 20 pesitos lleve las memelas…!

Mientras esperaban la comunicación proveniente de Washington, alcanzaron a oír los anuncios lejanos de un merolico que proponía la venta de un magnífico ungüento:

—Señor, señora, si no puede dormir de noche, no se preocupe, duerma de día, pero siempre untándose en la nariz la pomada "Abuelita…" Por 5 pesos, duerma como mi abuelita…

No, el momento no se prestaba para festejos jocosos ni para risas ni para disfrutar el sentido del humor de los mexicanos, una fuerza inextinguible y particularmente útil para sortear las diversas crisis padecidas desde que la historia es historia. ¿Dónde se había visto a un mexicano que no se burlara de todo y de todos, y en las peores circunstancias? ¿De la muerte? ¡De la muerte! ¿De ellos mismos? ¡De ellos mismos! ¿De a quienes consideraran culpables de sus males? ¡De a quienes consideraran culpables de sus males! ¿De la patada recibida por un jugador de futbol que se retorcía de dolor tirado en el pasto, de la revolcada de un torero, de la cara o de los defectos físicos o mentales de un presidente? Claro: un mexicano siempre preferirá, en su tragedia, reír antes que llorar. Cuando te mueras, cuando te lleve la chingada, tendrás toda la oportunidad para estar serio, muy serio y por mucho tiempo… "No vale nada la vida, la vida no vale nada, comienza siempre llorando y así, llorando se acaba", dice la letra de una canción que expresa en su trágica magnitud la idiosincrasia nacional.

Entre el griterío urbano, las dudas, la incertidumbre, el miedo a cometer una equivocación con sus temibles consecuencias, propiciar, sin querer, un malentendido o entablar una conversación inoportuna con Trump, escasamente dueño de sus emociones, prevalecía una densa atmósfera de agobio y de suspenso. El presidente podría estar abrumado por la pandemia y por el enorme número de muertos y contagiados en Estados Unidos, o por las sospechas originadas en China respecto a si el coronavirus había sido creado intencionalmente en un laboratorio de Wuhan o se trataba de un gravísimo error técnico, o estaría fuera de sí por el desplome de la actividad económica yanqui y la pavorosa explosión de casi 40 millones de desempleados en plena campaña de su reelección presidencial, entre otras razones que podrían sepultar a cualquiera en el insomnio. AMLO, abiertamente agobiado, se preguntaba en su interior: ¿y si me grita y pierde el control y me regaña como yo le jalaría las orejas a un alcalde de Macuspana? ¿Y si me mienta la madre sin que yo entienda una sola palabra? No, repuso él mismo en silencio, con el ánimo de tranquilizarse: no, claro que no, él se cuidará de agredirme y de faltarme al respeto, porque desea que lo apoye en su campaña con los casi 40 millones de mexicanos que viven en Estados Unidos. *Trum* no da paso sin huarache… A saber…

En ese momento, a las cinco y cuarto de la tarde, más de una hora interminable después de lo acordado, de repente repiqueteó el teléfono colocado sobre la cubierta de una mesa pequeña, esquinera, perfectamente barnizada. El aparato juguetón parecía anunciar una buena noticia en su elocuente jolgorio. Lugo Olea saltó de improviso del sillón de piel capitoneado color café, como si hubiera escuchado el sonoro estallido de un látigo circense, o hubiera sentido una víbora húmeda y gelatinosa enredándose entre sus piernas.

El secretario de Relaciones Exteriores, al ponerse a su vez de pie —tal pareciera que Trump hubiera ingresado al despacho presidencial mexicano azotando la puerta—, no dejó de contemplar, sorprendido, la extraña conducta de Lugo Olea. Mariano trató de tomar la bocina, con la debida parsimonia, en tanto metía y sacaba compulsivamente la mano izquierda del bolsillo de su saco. Buscaba tal vez un pequeño aerosol para perfumar su aliento o un peine, con el deseo de estar bien presentado. Exhibía el rostro contrahecho, el ceño fruncido, la mirada aguda propia de un aguilucho, las evidencias de la tensión prevaleciente que Trump, conocedor del lenguaje corporal, imprescindible en el mundo de los negocios, hubiera podido aprovechar y capitalizar a su favor, de haberse entrevistado cara a cara con ellos en el Despacho Oval.

—Mister Everhard, supongo —dijo una voz del otro lado de la línea telefónica—; en este momento los comunico con el presidente de los Estados Unidos.

Después de los saludos de rigor, Everhard soltó repentinamente una sonora carcajada que en un principio agradó a AMLO. Después de una risotada, vino otra y otra y otras tantas más, sin que el canciller contestara ni tuviera la oportunidad de compartirlas. Por lo visto, el jefe de la Casa Blanca estaba de muy buen humor, a pesar de las grandes preocupaciones propias de sus responsabilidades nacionales y planetarias. Sin embargo, de repente Mariano dejó de sonreír y adoptó un rostro severo, rudo. Apretaba la quijada, contraía los labios, entornaba los ojos como si deseara contemplar algo a la distancia, se alisaba una y otra vez los cabellos, pero no, no hablaba ni intercalaba puntos de vista con el primer mandatario yanqui, mientras AMLO, al punto de la zozobra, se quedaba clavado sobre el piso de duela sin pronunciar una sola palabra, si acaso hacía muecas para tratar de entender lo ocurrido y tener al menos una explicación anticipada, una señal, algo, caray… ¿El canciller se iba a atrever a tapar la bocina para darle a Lugo Olea, en voz baja, los detalles de la conversación, mientras Trump hablaba sin ser escuchado? ¡Imposible! Menuda descortesía. Recurrir a la mímica resultaba una tarea tan inútil como temeraria.

Una vez concluidos los instantes de hilaridad y de pasmosa seriedad —a saber de qué habían hablado—, toda una gama de emociones inexplicables por el momento, el canciller, sin titubear ni mostrar inseguridad alguna y guardando la debida compostura, pidió la autorización al presidente de Estados Unidos para activar el altavoz y poder iniciar la conversación también con AMLO, no faltaba más, en la inteligencia que él haría, como en otras ocasiones, las veces de traductor. Ya habría tiempo para explicarle a AMLO los detalles de la plática protocolaria inicial.

—Hola, Antonio —saludó Trump con la fingida cortesía, por cierto, desconocida en él, salvo cuando lo movía un interés personal—. Espero que tú y tu familia se encuentren muy bien de salud y que el peligro del maldito COVID te haya convencido de la importancia de quedarte en casa sin salir a la calle ni de gira, porque puedes contagiar o que te contagien. Tu país y tu familia te necesitan, y yo también, querido amigo.

Trump expuso, entonces, la necesidad de reunirse en Washington, tal y como lo habían hecho sus antecesores. En la historia de las relaciones bilaterales, de acuerdo con una tradición diplomática iniciada ya en el siglo XX, el presidente electo de los Estados Unidos se entrevistaba con el presidente mexicano, y el presidente electo de México, a su vez, era invitado a un encuentro con el jefe de Estado de la Unión Americana para fortalecer el comercio y la amistad entre ambas naciones. Sin embargo, ellos habían interrumpido esa constructiva costumbre política, una falta imperdonable que requería una reparación inmediata. Trump invitó a Lugo Olea a conocer Washington, a recorrer la Casa Blanca, a fotografiarse juntos en el Despacho Oval, a conocer la habitación de Abraham Lincoln, entre otros grandes personajes de la historia de los Estados Unidos. Trump se cuidó de invitar a AMLO a conocer el edificio Thomas Jefferson, donde se encuentra la biblioteca del Congreso, porque le habían informado que su homólogo mexicano había escrito más libros de los que había leído. Al menos él, Trump, no alardeaba de ser perito en historia de Estados Unidos ni de ningún otro lugar o época, ni mucho menos había pensado escribir más allá de sus tuits y de sus libros para convertir todo en dinero, como *Piensa como multimillonario* y *El arte de la negociación*, redactados por un buen equipo de ayudantes. La cultura, era obvio, no era lo suyo, como tampoco lo era para el presidente mexicano.

Mejor, mucho mejor, en lugar de aburrirlo, haría que lo retrataran en el Obelisco de Washington, en el Monumento a Jefferson, en el de Martin Luther King, un personaje al que él odiaba por haberle concedido espacio a los asquerosos negros que no fue posible extinguir definitivamente al término de la Guerra de Secesión, de la misma manera que AMLO despreciaba no solo a los hombres de negocios, sino también a los pobres, a quienes llamaba animalitos incapaces de conseguir sus propios alimentos. Sí que hablaban el mismo idioma. Las coincidencias en materia de odios eran enormes... Daría instrucciones para que lo llevaran al cementerio de Arlington, al edificio de la Corte Suprema, a sabiendas de que Lugo Olea dominaba, desde luego el Poder Ejecutivo, pero también, en buena parte, el Judicial y el Legislativo, los tres poderes mexicanos, además de los organismos antes autónomos, lo que le producía una profunda envidia. La foto frente al edificio en donde se impartía una justicia efectiva, una de las bases de la grandeza de su país, bien valía la pena, sí, pero lo más importante consistiría en charlar en torno a la dirección, llámese como se llame, que estaba tomando el gobierno de su colega del sur. ¿Hacia dónde se dirigía? ¿De qué se trataba? Si México era un gran cliente de su país y no convenía la depresión económica en sus respectivos mercados, ¿por qué AMLO insistía en darse un tiro en el paladar? Las decisiones erráticas de toda naturaleza, desde las estúpidas hasta las absurdas, tomadas por Lugo Olea, habían despertado diversas sospechas e incomodidades en la "sagrada" comunidad de empresarios norteamericanos, así como entre los analistas del Departamento de Estado, sin olvidar a los periodistas informados del acontecer mexicano. ¿Cómo se manejaría la invitación ante la opinión pública y los medios de difusión masiva de ambos países? Para Trump, era irrelevante que AMLO lo explicara a su conveniencia. Lo importante e inaplazable era reunirse antes de iniciar la campaña de reelección, pero de que se entrevistarían, claro que se entrevistarían. Ningún pretexto sería válido, le gustara o no al presidente mexicano, para no salir de su país, ni siquiera podría argumentar la contingencia por el COVID. No en balde ya le había doblado las muñecas hasta arrodillarlo, como cuando le ordenó mandar a su Guardia Nacional al Suchiate para impedir la migración centroamericana a Estados Unidos.

La conversación telefónica terminó cuando Trump invitó a AMLO en el contexto de una visita de Estado a una conferencia magna en el Capitolio, ante el Congreso de su país, una oportunidad imposible de desaprovechar. Valía la pena que se presentara ante ambas cámaras de legisladores para que el líder socialista se diera cuenta de lo que significaba enfrentarse a una verdadera oposición y no a cientos de payasos suicidas que devoraban el presupuesto público y destruían a su país encerrados en una enorme carpa. ¿AMLO daría un discurso ante el pleno del Congreso de Estados Unidos y se prestaría a una sesión de preguntas y respuestas? ¡Al tiempo…!

Cuando Mariano Everhard se despidió del presidente Trump y apretó el botón del altavoz para dar por concluida la conversación, de inmediato escrutó el rostro desencajado de AMLO, no solo preocupado por la veracidad de las traducciones de su colaborador más cercano, sino porque el presidente de los Estados Unidos, muy a pesar de haberlo declarado su amigo en diversas ocasiones, le imponía respeto, ¿respeto…? ¡Qué va! ¡Miedo, pánico!, como nunca antes había sentido por ser humano alguno.

El presidente de México, fatigado y frustrado, dependía cada día más de su eficaz secretario de Relaciones Exteriores en las diversas áreas de gobierno, aun cuando sus disimulados desencuentros políticos crecían con el paso rítmico del tiempo. Cuando AMLO hablaba con Trump, le costaba un trabajo inenarrable el hecho de escupir a falta de saliva y, al sentir la lengua pegada al paladar, le resultaba casi imposible pronunciar una sola palabra. Además de lo anterior, escogía trajes oscuros para ocultar las manchas de la excesiva sudoración en las axilas. El desgaste era brutal cuando su secretario particular le pasaba, con los ojos desorbitados pues conocía de sobra las reacciones de su jefe, una tarjeta con el siguiente texto: "El presidente de Estados Unidos quisiera conversar con usted el día de hoy a las 6 de la tarde". La noticia equivalía a recibir una cuchillada en la yugular…

¿Sus manos? Heladas, de ahí que se despidiera de lejos de sus colaboradores al terminar sus agotadoras "charlas" con Trump, momento que aprovechaba con la debida discreción para huir al baño al sentir el descontrol de los esfínteres y casi volar al escusado para desahogar felizmente su intestino y su vejiga. Este pinche güerito, hijo de su muy puta madre, puede volverme loco. ¿Me pondré calzones de hule cuando vaya a la Casa Blanca? ¡Carajo con este güey!

Everhard se comunicaba en inglés con Trump, pero ¿cómo podía saber Lugo Olea si aquel no lo traicionaba y llegaban ambos a acuerdos comprometedores, ajenos a sus deseos y a sus propósitos? Se sentía como un ciego, conducido por su lazarillo, rumbo a un precipicio. Solo conocería los alcances de la felonía al sentir cómo se precipitaba en el vacío, directo a una muerte segura. ¡Cuánta angustia le despertaba el hecho de no saber lo que en realidad Everhard le explicaba a Trump, ni comprender a ciencia cierta lo que este le contestaba!

¿De qué reían? ¿Se burlaban de él, de sus notables carencias académicas, de su patética ignorancia del inglés, de no ser un político cosmopolita, de su origen humilde porque había nacido en Tepetitán, en el municipio de Macuspana, Tabasco? ¿Se mofaban acaso del color de su piel o de su manifiesta incapacidad de hablar siquiera bien el castellano, o de las dificultades que enfrentaba para poder expresarse en términos fluidos, es decir, hablar "de corridito", como él mismo lo confesaba con el debido sentido del humor al no poder hilar ideas con la rapidez de cualquier persona y todavía tener que ayudarse con movimientos extraños de manos, brazos, muecas y miradas suplicantes de comprensión y ayuda para hacerse entender? ¡Qué agonía! ¡Cuánto lamentaba su ignorancia y su patética incapacidad oratoria! Recordaba la sensación de impotencia del presidente Vicente Guerrero cuando, al no saber leer ni escribir, se veía obligado a firmar un decreto sin saber su contenido exacto. No tenía más remedio que confiar en la palabra y promesas de sus subalternos… ¿Y si Guerrero estaba firmando su sentencia de muerte y él mismo estaba ordenando a un escuadrón que lo pasara por las armas al amanecer del día siguiente? ¡Horror!

Tal vez Trump había sonreído piadosamente al escuchar la solicitud del secretario de Relaciones Exteriores de México sobre la manera de presentar a la prensa el encuentro entre ambos mandatarios. Trump vería a AMLO como un menor de edad preocupado por las malas calificaciones escolares; es decir, un infante asustado por las reacciones violentas de su padre. No era lo mismo para el principal inquilino de la Casa Blanca tratar con el primer ministro de Japón, con el de Inglaterra, con la canciller alemana o con el presidente de Francia, que reunirse, nada más y nada menos, que con el jefe de Estado de México. Sí que los políticos mexicanos, sus pintorescos vecinos, eran distintos a cualquier político del universo. Había que tener mucho sentido del humor, paciencia e indulgencia para poder entenderlos, tomarlos en serio y avanzar en los objetivos comunes. Para Trump era irrelevante la explicación a los medios de difusión respecto al origen de la entrevista: la realidad consistía en citarlo en su oficina sin aceptar pretexto alguno del tal AMLO. Bastaba, como él sabía de memoria, un tronido de dedos, ni siquiera muy sonoro, friccionar el dedo pulgar contra el cordial, para poner de rodillas al supuesto gran líder socialista de México. ¿Estaba claro quién mandaba? ¡A callar, entonces! ¿Te subo los aranceles de las exportaciones mexicanas al 35%…? No, ¿verdad…? Vienes porque vienes, Luguito, a la hora que me plazca y en el lugar que yo decida, en Mar-a-Lago o en Washington, ¿ok?

Everhard no hablaba, solo contemplaba el comportamiento de su pintoresco interlocutor. En ese momento, por alguna oscura razón, vio, de reojo, los dos enormes lienzos: uno de Simón Bolívar, y el otro de José Martí, dos líderes extranjeros, en lugar de haber colgado retratos al óleo de grandes patriotas mexicanos. Observaba, asombrado, abundantes perlas de sudor arriba del labio superior del presidente, sin olvidar su frente, de la que se desprendían gotas que él recogía con su pañuelo para tratar de disimular sus complejos. Sin embargo, hasta un párvulo lograría interpretar sin grandes esfuerzos su lenguaje corporal. Imposible aprender un nuevo idioma en un par de meses, cuando no había logrado expresarse ni escribir correctamente en castellano, en más de 60 años. ¡Cómo se burlaron de él los cibernautas cuando ignoró el gentilicio de los habitantes de Bélgica, o cuando decía *fuistes*, *decidistes* o *comistes*…! Tenía que ser un gran actor y disimular sus emociones, al estilo de un buen jugador de póquer, solo que la tarea faraónica de esconder sus sentimientos lo dejaba exangüe, verdaderamente agotado. Nunca olvidaría cuando habló por primera vez con Trump a través, claro está, de Everhard, y al concluir la conversación, al sentirse solo en el hermetismo de su oficina, fue a desmayarse en su sillón favorito para poder disfrutar de una buena siesta a la mitad de la jornada. Sí, cualquier presidente mexicano tenía que prepararse en tiempo y forma antes de reunirse con su homólogo del norte. En su caso, entrevistarse con Trump era mucho más complejo por la conflictiva personalidad de este y por el pánico cerval que le producía ver cara a cara al hombre más poderoso del mundo, cuando él, si acaso, había soñado en su infancia con llegar a ser el presidente municipal de Macuspana, en donde se desplazaría como amo y señor de todos los escenarios políticos, sociales y económicos. En su tierra no tendría que disfrazarse de estadista ni de nada parecido, ni mucho menos pretender ser lo que no era. Por supuesto que su voz y su voluntad en Tepetitán serían de acatamiento obligatorio.

¿Cuándo iba a imaginar Lugo Olea que algún día, dicho sea con el debido respeto y autenticidad, sería invitado a la Casa Blanca a tomar café y a conversar con el presidente de los Estados Unidos? ¿Cuándo? Le había sido muy fácil criticarlo y denostarlo en sus discursos populacheros, subido al templete, durante sus campañas interminables de casi dos décadas, acompañado de marimbas y orquestas populares infantiles. Sí, de acuerdo, había llamado cobarde a Ernesto Pasos Narro por no haber sabido poner en su lugar al propio Trump, pero de ahí a llegar como invitado al despacho, en donde se decidía la suerte del mundo, enfrentar a un individuo gritón, dominante, intolerante, sarcástico, incomprensible y brutalmente violento, había una diferencia abismal. ¡Cuántas veces había visto fotografías de los presidentes de Estados Unidos sentados al lado de los más grandes líderes mundiales, sin que pasara siquiera por su imaginación calenturienta la posibilidad de que algún día él ocuparía ese distinguido lugar de honor…! ¡Cuánto daría por ver la cara de sus vecinos de Tepetitán cuando tuvieran en sus manos las fotografías históricas de "Toñito" Lugo Olea al lado del jefe de la Casa Blanca! ¿No que no, cabrones? —les gritaría a la cara para matarlos de la envidia—. Pa'que vean, hijos de la chingada, que el que quiere puede…

—Está bien camuflada la invitación de *Trum*, Mariano, la prensa se la tragará completita, pero ¿pa'qué me querrá el pinche güerito ojete, tú…?

—exclamó el presidente mexicano enarcando las cejas. Sudaba como un maratonista…

—No te preocupes, Antonio, esa parte quedó muy bien planchada —repuso con marcada seriedad el canciller mexicano.

Después de escrutar el sospechoso rostro de su secretario, el presidente practicó las preguntas obligatorias:

—¿Qué es, entonces, lo que no quedó planchado, Mariano? Cuenta de qué tanto se reían, a veces echaban desmadre y de repente te quedabas más tieso que un muerto —cuestionó intrigado el presidente—. Yo no entendía ni madres; no sabes qué feo se siente.

Everhard recordó una expresión propia de los cazadores que él había escuchado en alguna ocasión: "Al venado dispárale cuando lo tengas en la mira. No tendrás otra oportunidad". Tomó entonces el cañón del rifle con la mano izquierda, se lo llevó al hombro derecho, en tanto colocaba el dedo sobre el gatillo y bajaba la cabeza a la altura del ojo para apuntar en dirección a la frente del primer mandatario y, sin pensarlo más, disparó una y otra vez a sabiendas de que gozaba de todas las ventajas.

—Solo te voy a contar lo bueno para que no te sientas agredido —exclamó el diplomático.

—No, por supuesto que no, suelta toda la sopa, dímelo todo. Necesito saber dónde estoy parado, con quién hablo y qué piensa *Trum* de mí…

—Tú lo quisiste, Antonio —agregó viéndolo a la cara, en tanto tomaba proyectiles de la cartuchera y los acomodaba arteramente en la recámara del arma—. Tendrás que echar mano de tu mejor sentido del humor…

—Ya cuenta, carajo, me tienes en ascuas…

—Pues me dijo que si no te daba coraje que en tu país fueras conocido como un *piece of shit*…

—¿Qué quiere decir eso…?

—Te lo advertí, Antonio, te lo advertí…

—Sí, hombre sí, ¿qué demonios quiere decir eso?

—*Piece of shit* quiere decir pedazo de mierda.

El rostro del presidente de la República se petrificó. Imposible sonreír ante semejante agravio.

—¿Eso cree *Trum* que soy?

—No, él, en lo personal, no lo cree. Solo preguntó si así te decía nuestra propia gente, aquí, en México.

—¡Falso! En México el pueblo me adora.

—No lo cuestiono, claro que te adoran —concedió Everhard el argumento de AMLO, en plan adulatorio—, pero en las redes sociales no te bajan del "Cacas", y tal vez por eso el embajador gringo, el tal Landó, un buen tipo al que no puedo controlar por más que insistas, mandó su reporte a Washington informando cómo se referían a ti en México. A saber qué informa al Departamento de Estado.

—¿Y de dónde habrá salido eso de "El Cacas", tú?

—¿Ya no te acuerdas, Antonio, aquello del Fuchi-caca? Te pareció muy gracioso, pero olvidaste que somos albureros y burlones por definición. ¿Qué tal cuando López Portillo declaró que defendería el peso como un perro y al otro día todo mundo ladraba como perro? Somos cosita fina. Acuérdate también que al presidente Díaz Ordaz le decían "El Pozole", porque estaba hecho de pura trompa y oreja. Somos unos verdaderos cabrones…

AMLO pensó en dar por terminada la reunión. Era demasiado. En su egolatría no pasó por su mente que tal vez el secretario estaba poniendo en boca de Trump lo que él jamás se hubiera atrevido a enrostrarle. Menuda coyuntura favorable de Everhard para escupirle impunemente todos o una buena parte de los venenos acumulados de buen tiempo atrás en su estómago y en su mente. ¡Claro que Trump, por más que fuera un vulgar majadero que ostentaba su satisfacción al tomar en público a las mujeres por el sexo, nunca hubiera osado atacar a su homólogo de esa manera, sobre todo cuando iba a pedirle ayuda para convencer a millones de mexicanos, radicados en Estados Unidos, de la ventaja de votar por su candidatura!

—¿Y solo eso te dijo? —preguntó AMLO en voz muy baja, apenas audible, como si el castigo no hubiera sido suficiente.

Al ponerse de nueva cuenta a tiro, Everhard se preparó una vez más para disparar, sin la menor piedad, un tiro de escopeta a quemarropa dirigido al rostro del presidente. Los cientos de perdigones le estallarían en plena jeta, eso sí, mostrando una sonrisa sardónica. ¡Cuánta diversión! Adoraba la política.

—El presidente me preguntó si había sido cierto… Quedamos en que no te ibas a enojar, Antonio —todavía le advirtió al presidente—, que el día de tu toma de posesión, después de protestar guardar la Constitución y de repetir todo el ridículo rollo de que la patria te lo demandará, te habías presentado en una reunión de indios y te habías arrodillado ante la nación con los ojos extraviados en la inmensidad del firmamento, en espera del regreso de Quetzalcóatl o de su abuela, mientras te daban baños de humo o de incienso y te purificaban al estilo de los aztecas de hace 700 años. ¿A qué olía la mierda esa?, me preguntó Trump, sin poder creer lo que le habían contado. Se moría de la risa y todavía reía mucho más cuando le confirmé que sí, que era cierto, que lo habías hecho y a mucha honra. Solo me repetía *Holy mother of God, tell me it's not true*…

—¿Qué chingaos quiere decir eso…?

—Que le jurara por la madre de Dios que no era cierto…

—Pues sí, si lo hice fue para ganarme al pueblo, de modo que no me vieran como un ser superior, sino como un político a su misma altura, uno más de ellos, y lo volvería a hacer una y mil veces —concluyó pensativo, a la espera de una nueva andanada—. ¿Qué te contestó?

—Me dijo que lo que tú habías hecho en México equivalía a que él, después de jurar con su mano izquierda colocada sobre la Biblia, frente al presidente de la Corte Suprema, a todo el gobierno, al cuerpo diplomático, además de invitados del mundo entero, hubiera descendido solemnemente las escalinatas del Capitolio para encontrarse con representantes de una tribu de comanches que le hubieran quitado su traje, pintarrajeado la cara con sangre de gavilán calvo, lo hubieran forrado con piel de búfalo y colocado un gran penacho con plumas blancas, las del gran jefe de la tribu y, por si fuera poco, todavía hubiera bailado dando brincos y vueltas para todos lados golpeándose intermitentemente la boca mientras aullaba, según los rituales de esos aborígenes norteamericanos…

—No mames, Mariano, no te dijo eso. Júramelo…

—Te lo juro, Antonio, te lo juro —repuso Everhard soltando la carcajada, imposible contenerla—. No me negarás que es gracioso el comentario —agregó el canciller como si jugueteara pinchándole las costillas al presidente.

—Tan gracioso que, si ahorita tuviera aquí enfrente al pinche güerito, le partiría toda su madre, aunque se le ve grandote.

—¿Te imaginas a Trump disfrazado de comanche? Así te verías a la distancia con tus baños de humo, desde el Potomac —trató Everhard de finiquitar esa parte de la conversación con una irritante comparación saturada de humor negro—. Acepta, Antonio, que no te mediste —concluyó tratando de cuidar su lenguaje, en la medida de lo posible, para no provocar aún más al mandatario, pero de que vaciaría la cartuchera completa, de eso no le cabía la menor duda…

—Nada de eso. El pueblo está muy orgulloso de mí y era obligatorio que comprobaran que, como presidente de la República, podía colocarme al nivel del mexicano más humilde.

Everhard dejó de reír cuando el presidente alegó el amor y el respeto que la mayoría de la gente sentía por él, aun cuando las encuestas de popularidad anunciaban día con día lo contrario. No se trataba de insultar, ni mucho menos, al jefe de la nación, un personaje, además, incapaz de controlar sus emociones. Sin embargo, Lugo Olea no se cansaba de preguntar:

—¿Qué más te dijo el pinche carapálida ese?

—No podía ni hablar de la risa cuando se acordó del día en que sacaste en televisión nacional tus estampitas, tus famosos "Detente" para combatir la corrupción, contener a los narcotraficantes y a los delincuentes y, de paso, al COVID. "A esos hijos de puta no se les puede contener con rezos ni con fetiches, Mariano", me dijo como si no creyera lo que estaba escuchando. Terminó con que no pasabas de ser un *fucking asshole*…

—¿Un qué, tú?

—Un *asshole*…

—¿Qué es eso?

—Un pendejo pues, Antonio, un pendejo…

—Ahora sí la hicimos, ¿tú crees que soy un pendejo? —preguntó fuera de sí el presidente, dando un sonoro manotazo en el escritorio—. ¿Lo crees? ¡Dime, carajo! No le saques…

—¡Claro que no, presidente! Si lo creyera no trabajaría contigo ni te ayudaría en las complejas tareas de gobierno. Nunca, ningún político mexicano, a lo largo de nuestra historia, había logrado llegar al poder con el 80% de popularidad a su favor, todo un récord —adujo—. Creo firmemente en tu talento y en tu ejemplar sentido del honor —añadió el canciller con la debida seriedad, sin permitir espacio alguno a bromas. Con las cosas de comer no se juega, pensó para sí, mordiéndose la lengua. Un diplomático que no miente no es diplomático.

—Gracias, Mariano, mil gracias. Los gringos tendrán sus estrategias y sus maneras de matar las pulgas. Aquí en México, les guste o no, voy a acabar con los criminales con abrazos y sin balazos. Aquí mando yo, Mariano. Conozco al pie de la letra a mis paisanos, por esa razón llegué a donde llegué. Todos comen aquí en mi mano —concluyó friccionando las yemas de los cuatro dedos de su mano derecha contra su pulgar.

—¡Ay, Antonio!, ¿insistes en lo de abrazos y no balazos? ¿No te basta, por lo visto, con todo lo que dicen de ti en el extranjero ni los memes que aparecen en las redes sociales en donde se burlan de tu persona, a carcajadas, hasta el escarnio? ¿Lo haces a propósito? —cuestionó mientras se arrepentía de haber usado la palabra escarnio, porque el presidente podía tomar semejante expresión como la oportunidad de exhibirlo como un ignorante.

—No, claro que no —continuó Lugo Olea sin haberse sentido agredido—. Verás que a la larga funciona. Todos mis antecesores probaron la violencia en contra del narco y fracasaron. Yo voy a convencerlos con amor, pero del bueno, como dice la canción. Lo que piensen o dejen de pensar los extranjeros me tiene sin cuidado. A mí me importa lo que piense nuestra gente y dentro de nuestra gente, solo me interesa el destino de sus papeletas electorales.

—No, Antonio, con el debido respeto que te guardo, no es con amor ni tampoco con armas como vas a meter en cintura a los envenenadores de México.

—¿Entonces, tú? ¿Cómo…? ¡Ah, chingá…! ¿Ahora vas a hacerle al mago?

—Lo que debemos hacer es contar con una muy eficiente inteligencia financiera para saber en dónde tienen depositados sus recursos los narcotraficantes, como lo saben en Estados Unidos; informarnos para descubrir en qué invierten el dinero negro, si en edificios, si en la bolsa o dónde, en qué países y en qué fideicomisos, *trusts* o cuentas secretas, y una vez contando con información patrimonial, entonces los amenazaríamos con quitarles sus canicas si continúan matándose entre sí, asesinando alcaldes, extorsionando, secuestrando o aterrorizando a la sociedad civil. Estos maleantes hacen todo por lana, por dinero, por canicas, Antonio, y si se las quitamos o los amenazamos con quitárselas, sin quitárselas como hacen los gringos, los dominamos —concluyó Everhard sin ocultar su satisfacción—. Si todo es por dinero, vamos a amenazarlos con quitárselos sin matarlos ni enseñarles a rezar el rosario, Antonio, ¡por Dios…! Por cada uno que mates, aparecerán cien, y si quieres controlarlos con abrazos y sin balazos se van a burlar de ti, se apoderarán del país hasta llegar a convertirlo en un narcoestado, mientras que a Trump no le hará la menor gracia saber que su frontera sur está abierta y a las órdenes de los capos mexicanos. El comercio de narcóticos vale unos 300 mil millones de dólares y no aterrorizan a su país ni al mundo con 40 mil muertos, contrario a lo que ocurre en México. Gringolandia es la más grande lavadora de dinero negro del mundo y no pasa nada…

—Ya deja de criticarme y de llevarme la contra. No hemos dejado su frontera desprotegida —afirmó tajante.

—La del sur, Antonio, está resguardada por casi 30 mil efectivos de nuestra Guardia Nacional, en tanto dejamos desguarnecido el resto de México; pero la del norte sí está abierta para el tráfico de narcóticos rumbo a Estados Unidos. Trump está muy disgustado y ahí sí me puse serio cuando me sacó el tema de la liberación del "Chapito", de la visita que le hiciste a su abuela, la mamá del "Chapo", en Sinaloa. Imagínate lo enojados que estaban los de la DEA cuando te pusieron al "Chapito" a tiro de pichón y tú no solo lo soltaste, sino que todavía fuiste a partir el pastel de cumpleaños y a compartir la fiesta con el criminal más buscado por la policía gringa. Te digo que te la bañaste, Antonio, te pasas. Tendremos consecuencias…

—Los gringos no se han quejado… Bájale —repuso el presidente con una sospechosa sonrisa sardónica. No tenía por qué darle explicaciones de su conducta a nadie, si acaso a Dios, su Señor…

—No se quejan hasta que se quejan y cuando se quejan pues declaran que los narcotraficantes son terroristas y por esa razón podrían invadir nuestro país cientos de aviones Hércules llenos de marines cuando se les dé su gana. Aguas con los gringos, son de cuidado, y si no, acuérdate de Noriega, el ex presidente de Panamá: invadieron su país y se lo llevaron preso a una cárcel yanqui hace más de 20 años, para acabar muriendo en su casa, comiendo hot dogs sin salchicha. A los carapálida les tienen sin cuidado nuestros rollos soberanos, solo respetan a quien tiene mucho dinero o cuenta con bombas atómicas, o ambas armas a la vez. Basta un guiño de Trump para hacernos pomada, Antonio. No lo perdamos de vista…

—Se va a poner buena la conversación cuando vayamos a Washington —alegó un AMLO pensativo.

—Pero ahora que nadie nos ve ni nos oye, ¿por qué fuiste al cumpleaños del "Chapito" y le cantaste el *Happy Birthday*, después de recorrer tres horas de terracería para internarte en el corazón del cártel de Sinaloa, donde no entra ni el ejército?

AMLO guardó un silencio incómodo. El canciller se estaba pasando claramente de la raya. El rictus de su cara le indicó a Everhard la cercanía a un punto de no retorno. El presidente permaneció unos instantes sin contestar una sola palabra; se le veía extraviado, como si un dardo le hubiera dado en el corazón. Agachó la cabeza y entrecruzó los dedos. Al percibir su ingreso en una zona de franco peligro, el hábil diplomático continuó la charla como si nada hubiera ocurrido:

—Pues más que conversación, Antonio, va a ser la regañada de la vida porque, además de todo, Trump sigue sin entender la cancelación del aeropuerto de Texcoco y más sorprendido se encuentra al saber que estabas saboteando las líneas de producción de coches y aviones en Estados Unidos con partes fabricadas en México. ¿Te das cuenta de que impediste la fabricación de automóviles y motores en Estados Unidos al cerrar las plantas de refacciones en México por culpa del coronavirus, para ya ni hablar de la carta que te mandaron cerca de 500 empresarios norteamericanos, con copia oculta para Trump, cuando clausuraste la cervecería de Constellation Brands con otra de tus consultas, en las que, por cierto, nadie cree? Con el debido respeto, les pisaste callos muy sensibles a los güeros —adujo el canciller. Un acercamiento inadecuado podría resultar fatal en su carrera—. Los tienes muy espantados porque dicen, no digo yo, que no respetas las reglas del juego, por lo que ya no eres confiable —terminó con la voz grave y seca—. Algo sí te adelanto para irte preparando, presidente querido. Trump me precisó, con meridiana claridad, que no va a permitir una Venezuela al sur de su frontera ni una Cuba, ni una Bolivia. Nada por el estilo. No supe qué contestarle y fue cuando le pedí que encendiéramos el altavoz porque ya la estaba agarrando conmigo y esas aclaraciones te tocan a ti —se adelantó Everhard con el ánimo de dar por terminada la reunión. No había nada más que agregar, pensó mientras cruzaba en silencio la mirada con la del presidente.

—Los yanquis son tragadólares. Lo único que los mueve y los motiva son los billetes; les fascina devorar el dinero, el excremento del diablo… Pues si eso es lo que les gusta y así los dejamos saciados, habrá que darles excremento a pasto o nos carga el payaso… Qué día el de hoy… y los que nos esperan, Mariano —contestó AMLO con una patética expresión de fatiga—. Ya nos veremos en otra ocasión muy próxima. Fuiste muy amable. Solo te suplico que, si volvemos a hablar con el güerito, lo mandes de mi parte a chingar a su madre hasta que lleguemos a Washington.

Dicho esto, el presidente de la República se dirigió a su cuarto de descanso, mientras murmuraba en silencio: ¿Quién dice que en México no hay oposición? Que esos hocicones vengan a sentarse en la silla presidencial, una piedra incandescente en donde se les cocerán las nalgas, como las mías. Solo hay algo peor que un gringo… dos.

Everhard, por su lado, salió del despacho presidencial con una enorme sonrisa en el rostro. Había asestado los golpes certeros en la mandíbula del presidente, en el momento deseado y en el lugar preciso. Bajó las escaleras por el centro, sin sujetarse del barandal de latón antiguo, cruzó pensativo el Patio de Honor y se dirigió al ala norte de Palacio Nacional para abordar su automóvil y salir por la puerta Mariana, a un lado de la calle de Moneda. ¿Cuánto tiempo pasará antes de que yo llegue a ser presidente de la República?, se cuestionó en tanto esperaba su vehículo a un lado del monumento a Juárez, fabricado con los cañones capturados a los franceses en la batalla de Puebla de 1862.

Al abandonar el edificio más importante del país, el secretario de Relaciones Exteriores reflexionaba, al contemplar la gigantesca asta de la bandera tricolor, la más grande del país, que durante la conversación con Lugo Olea ni siquiera habían abordado el tema de la pandemia ni habían podido discutir la gravísima situación de la economía nacional, ni las terribles agresiones a las mujeres, los pavorosos feminicidios, 11 al día, ni las posibilidades reales del estallido de la violencia ante la pérdida de 12 millones de fuentes de ingresos en tan solo el mes de abril. Tenían razón quienes decían que Lugo Olea quería tanto a los pobres que los multiplicaba por todo el país… Sí, pero ¿cómo discutirle al árbitro?

La única ocasión en que Everhard intentó hablar del coronavirus, Lugo Olea cambió de inmediato y ríspidamente la conversación:

—Vamos a lo importante, Mariano, dejémonos de cuentos. La pandemia nos hará lo que el viento a Juárez, verás que nos cayó como anillo al dedo. Ahora centrémonos en *Trum*. Estamos en manos de un impresentable. De plano no puedo con sus explosiones ni con sus arranques. Ese sí, pa'que veas, no sé ni cómo ni por dónde se agarra. Respecto a la peste, esa la detendremos con mis amuletos, mis "Detente". No te preocupes, no pasará nada…

—Sí me preocupo y mucho, Antonio, ya son cientos de miles de muertos y millones de infectados en el mundo…

—Es que en el mundo no consumen chile y por esa razón, entre otras más, los mexicanos, los verdaderos mexicanos, más aún los pobres, tenemos mucha resistencia gracias a nuestros chiles. Es el picante que se mueve por nuestras venas y con el que no puede ningún virus y por eso nos salvaremos.

Everhard guardó silencio sin dejar de escrutar el rostro del presidente en busca de alguna evidencia para encontrar alguna tara mental, en tanto Lugo Olea agregaba:

—Si los carapálida de veras quieren evitar más muertos y salvarse de la peste, deberían importar miles de toneladas de chile de árbol o de perdida jalapeños además de comprarme baratos, muy baratos, mis amuletos y aprender a decir: "Detente, enemigo, que el corazón de Jesús está conmigo", para acabar con la bronca. No más muertos ni infectados ni pandemias —agregó confiado y despreocupado—. No te hagas bolas. Mi escudo protector, mis amuletos, mi "Detente" con la imagen del Sagrado Corazón, junto con nuestros únicos habaneros debidamente toreados, son más eficientes que la mejor de las vacunas gringas y sus trillones de dólares. El confinamiento no sirve para nada, yo dejé tentativamente mis giras porque me convenció Hugo, mi querido Huguito, mi epidemiólogo estrella, si no pa'qué te cuento…

¿Para qué discutir con un hombre así?, pensó Everhard. Todo lo que iba a ganar era un enfrentamiento, ya perdido siquiera antes de iniciado, para continuar con un distanciamiento inconveniente de acuerdo con sus pretensiones presidenciales. Había ganado mucho espacio, subido varios escalones, conquistado una enorme popularidad como súper secretario y hasta como vicepresidente sin cartera, y ese no iba a ser el momento de arruinarlo todo; de hecho, ninguno sería bueno para echar a perder su candidatura. En todo caso, si llegaban a darse cientos de miles de muertes y se destrozaba la economía, el desastre no se lo achacarían a él, claro que no, ¿por qué? Lo que sí le angustiaba era llegar a la Presidencia y recibir un país despedazado, desgarrado y desolado, y con índices de violencia y criminalidad que no se veían desde la Revolución Mexicana.

Mariano Everhard ordenó a su chofer que apagara la radio del vehículo para recordar en silencio, con una expresión condescendiente, mientras circulaban por la calle 16 de septiembre rumbo a la cancillería ubicada frente a la Alameda Central, que AMLO le debía, de una u otra forma, la Presidencia, a partir del momento en que ambos habían deseado llegar al máximo poder político en México en la misma coyuntura, después de la putrefacta gestión de Fernando Caso, pero Everhard renunció a sus pretensiones y no solo lo dejó pasar, sino que lo apoyó con cuantas posibilidades y recursos tuvo a su alcance. Imposible que Lugo Olea olvidara semejante acto de virtuosa generosidad. Aun cuando la lealtad en política era un valor ético veleidoso y en franco desuso, el secretario nunca dejó de creer en la concepción del honor del presidente. La nobleza obliga, ¿no…? ¿La qué…? En el baile de las mil máscaras cada quien se presentaba armado con puñales ocultos, venenos, corcholatas oxidadas y picahielos, además de lenguas viperinas y bífidas. Cuidado: en la guerra, en el amor y en la política todo se vale… ¡Claro que sí…!

Lo malo, lo verdaderamente funesto, consistía en el hecho de haber sido ya reconocido como el principal e indiscutible sucesor de Lugo. Cualquier político rechazaría, sin embargo, dicha posición para conquistar la candidatura. ¿Razones?, pensaba Mariano. Lo conveniente era ir en un grupo compacto dentro de la carrera, de modo que no destacara ni fuera el más visible, el evidente, porque el resto de los competidores tratarían de eliminarlo con miles de mañas propias de los ilusionistas. Ser puntero equivalía a ser exhibido en las ferias pueblerinas con la cabeza y manos expuestas tras una tabla y, acto seguido, invitar a los paseantes a tirarle al "negro" absolutamente indefenso e inmóvil hasta deshacerle la cara a pelotazos, además de otros proyectiles, en medio de una gran algarabía popular. Como le había dicho su gran amigo Manolo, que en paz descanse:

—Apendéjate y rezágate en la contienda. Haz que otros avancen, piérdete en el grupo —llegaron a su memoria esos sabios recuerdos de un político experimentado—. Piérdete o se te echarán encima los buitres para despedazarte y engullirte.

Al subir por el elevador de la cancillería vino a su mente una sola imagen para cancelar la ardua jornada originada por la llamada a la Casa Blanca: había notado a Lugo Olea muy fatigado, un tanto harto, ojeroso, lento de movimientos y reflejos, la mirada cansada, la piel oscurecida, además de que su creciente incapacidad para expresarse empezaba a ser patética; en pocas ocasiones había hablado tan despacio y sin poder vertebrar su dicho. ¿Por alguna razón habría dicho que la 4T terminaría el 1 de diciembre del 2020? ¿Se sentiría físicamente mal? ¿De dónde sacaría la entereza para recibir andanadas de insultos y recriminaciones en los medios de difusión, en las redes sociales y en las columnas de sus críticos y opositores? Había que ser muy fuerte, tener una epidermis gruesa, como de hipopótamo, para resistir día con día feroces ataques provenientes de todos los medios y asimilar la maldad, los golpes bajos, las burlas despiadadas respecto a sus políticas, así como resistir el peso de los terribles reportes económicos y los sanitarios y todavía mostrar un rostro complacido, el de quien proyecta la imagen de "no pasa nada", cuando en el fondo está anatemizando a todo aquel que no le aplaude…

—Señor secretario, llamó Delgadillo de la Cámara de Diputados, que no puede con los de Morea, que son unos necios y obtusos, y que ve imposible aprobar el proyecto de ley presupuestal para complacer al presidente, que qué hace —preguntó su secretaria particular.

—Dile que le hable a Huguito López Gatiel, el epidemiólogo más pendejo de los pendejos, y que este sugiera la inconveniencia de reunirse a votar en plena pandemia. Que retrase la votación por ese motivo. Todos buscan un pretexto, que le explique eso y que cancelen la reunión…

—De acuerdo, señor…

No saben hacer nada estos pendejos, pensó al cerrar la puerta de su despacho, acercarse a la ventana y contemplar, en su máxima expresión, el Hemiciclo a Juárez, en honor al Benemérito de las Américas: ese sí era un mexicano ejemplar, ilustre y verdadero. Jamás hubiera hecho ni una sola de las jaladas y soluciones que propone Lugo, pensó Everhard al retirarse a su escritorio para leer un resumen de lo acontecido en Estados Unidos…

—Tráiganme el *New York Times*…

Una noche, la del primero de mayo del 2020, el presidente Lugo Olea se retorcía agónico y sudoroso bajo el peso de las sábanas. La sola idea de presentarse ante el Congreso de los Estados Unidos, hablar en castellano sin dejar de tartamudear a pesar de leer su discurso, y peor aún, someterse a una sesión de preguntas y respuestas dirigidas a su pecho como cuchillos afilados lanzados a la distancia para aniquilarlo, impedían la menor posibilidad de conciliar un largo y reparador sueño. No, no se trataba de asistir a una sesión de sombrerudos en el cabildo en San Martín Cosamaloapan. No cabía la menor comparación entre ambos escenarios. Su rostro aperlado reflejaba la intensidad de la pesadilla contra la que había venido luchando, por lo visto, varias horas antes del amanecer. Brigitte, su esposa, dormía plácidamente, como si ya hubiera olvidado el pavoroso pleito surgido a raíz de la publicación de un tuit. Imposible olvidar que ella apoyaba el movimiento nacional de las mujeres en contra de los feminicidios y AMLO, en términos altisonantes, le había ordenado retractarse de dicha publicación, le pareciera o no… A partir de ese encontronazo matrimonial, cuando se vio obligada a renunciar a sus sentimientos y convicciones, a traicionar públicamente un movimiento de género al que sentía pertenecer con gran orgullo, a padecer un doloroso ridículo ante las suyas, y al experimentar la sensación de ser un florero doméstico, decidió retirarse de foros y ceremonias de la naturaleza que fueran y en donde fueran. La discusión había concluido con un "eres un tirano, la gente cada día se da más cuenta de tu intolerancia. Yo la primera. Regresa a tu rancho…"

AMLO negaba con la cabeza, unas veces en silencio, otras tantas balbuceando términos inentendibles. Tiraba de las mantas con los ojos crispados respirando entre espasmos. Se cubría el rostro como si Trump estuviera sentado a su lado, en la cabecera de su cama, y le tirara de las patillas diciéndole al oído: "Te voy a partir tu madre cuando llegues a Washington, cabroncete. ¿Quién te has creído…?" A nadie le había externado sus graves preocupaciones ni le permitía asomarse a su interior. Imposible revelar sus debilidades, ni siquiera a su mujer. Él, en todo momento, lucharía tenazmente por disfrazar sus emociones y a todos les obsequiaría, al día siguiente, sonrisas optimistas y estimulantes, sin que los músculos de su cara, perfectamente educados, reflejaran la menor inquietud.

Los ataques de pánico se sucedían los unos a los otros. Momentos más tarde, inhalando aire como podía, de pronto se vio sentado en la galera más recalcitrante del infierno, quemándose las nalgas al lado de unos señores López, alojados también en el averno. Ahí estaba López de Santa Anna, ataviado con su clásica guerrera de gala a pesar del insoportable calor. López Portillo enfundado en su *warm-up-suit* como si fuera a hacer ejercicio y, al fondo, empequeñecido aún más, se encontraba un tal López Gatiel. Su bata blanca con sus iniciales grabadas con hilos color sangre le había sido arrebatada por un pequeño diablillo al llegar al primer círculo del infierno a la voz de "farsante, tú no eres médico ni eres nada". ¡Cuál no sería la sorpresa de Lugo Olea al encontrarse con Fidel Castro, Chávez, Maduro, Evo Morales y Daniel Ortega brincando desnudos sobre el piso incandescente y quejándose a gritos destemplados de terribles dolores en las plantas de los pies! Jamás, lo que era jamás, dejarían de lanzar alaridos de horror…

De golpe, AMLO sintió que empezaba a hervirle la sangre, le salían ampollas en todo el cuerpo hasta estallarle en la cara, en el pecho, en la espalda, en brazos y piernas, en el orificio anal y hasta en el pene. Se convertía por instantes en una tea, en una brasa viviente, como si estuviera siendo incinerado en una de las grandes hogueras inquisitoriales del siglo XVII, sin la presencia de un verdugo enmascarado. De nada servían los gritos de dolor y de horror. Ninguno de los presentes volteaba siquiera a verlo o a compadecerse de sus lastimosos lamentos. Al ponerse de pie desesperado y elevar los brazos, se consumió lentamente hasta desaparecer por completo y quedar tan solo un montículo pequeñito de cenizas, la prueba de su insignificante existencia. Pero, ¡oh, sorpresa!, de pronto sus desechos humanos, ¿humanos?, se materializaron para hacer surgir, de nueva cuenta, a la mismísima figura de Lugo Olea como si hubiera vuelto a revivir a su justa imagen y semejanza, sin que nadie pudiera suponer que, acto seguido, volvería a quemarse entre baladros infernales y así por siempre y para siempre. Curiosa temporalidad de la palabra siempre, ¿no…?

De nada le sirvió a AMLO exigirle a Satanás la anulación del terrible castigo que él consideraba excesivo de acuerdo con su ejemplar conducta orientada sin excepción a ver por los desvalidos, por los pobres, por los marginados.

—¿Ustedes en México no contestan con un vete a la chingada cuando están encabronados? —respondió el diablo extraviado en una imagen etérea.

—Sí, así decimos —repuso el ex presidente.

—Pues entonces vete a la chingada, o sea quédate aquí, hijo mío… A mí me puedes pedir lo que quieras por toda la eternidad, porque ni te oigo ni te veo, tal y como hiciste con tus gobernados. Habla hasta que te canses y luego vuelve a hablar y a quejarte, hijo mío, así son las cosas aquí. Todo lo que hiciste en vida en contra de terceros, aquí lo pagarás cuando menos mil veces más caro y no por un simple ratito. Aquí te incineras con un dolor del carajo, claro está, no pierdas de vista que viniste a sufrir, y luego te reviviré para incinerarte cada vez más cabrón, y así para siempre y por los siempres.

A sabiendas de que nunca podría apelar a la pena impuesta, aprovechó la coyuntura para formular una pregunta absolutamente fuera de lugar en relación con Lucifer:

—Pero ¿cómo le haces para hablar tan bien el castellano? —preguntó sorprendido y aterrado el expresidente, intrigado por el dominio de los idiomas.

—No olvides que soy políglota y entiendo los sonidos y lenguajes hasta de los hombres primitivos. ¿Te parece bien y suficiente que llevo transmitiéndoles conocimientos y consejos a todos ustedes desde hace más de cien mil años? ¿Te parece? Y eso que te lo dejo barato en relación con el tiempo transcurrido —concluyó un Lucifer risueño que apresuró a preguntar—: *Oyes*, Amlito, ¿puedo saber por qué te atreves a hablarme de tú? ¿Acaso hemos tomado pulque juntos?

—Perdón —respondió Lugo apesadumbrado y contrito.

—No, no te preocupes, hijo mío, si te diriges a mí con tanta confianza, en la segunda persona del singular, es porque me sientes cercano y eso es porque somos iguales y, por ello, nos identificamos al pie de la letra… ¿No…?

—No, señor, es que, yo…

—Nada, hombre, nada, por algo estás aquí a mi lado, hermanito del alma, como dicen ustedes los mexicas de nuestros días…

Ahí, al lado derecho del AMLO sin consumir por el fuego, se encontraba Mariano Berrondo, de la Comisión Federal de Electricidad, una execrable rata letrinera que adquiría en momentos el aspecto de un humano, para convertirse de golpe en otro asqueroso roedor, su verdadera naturaleza, autor, entre otros dislates, de una de las declaraciones más cínicas del siglo XX: "Se cayó el sistema…" Pasaría la eternidad consumiéndose en las llamas mientras contemplaba cómo sus deudos desperdiciaban sus cuantiosos bienes mal habidos o un gobierno neoliberal se los confiscaba. Nadie sabe para quién trabaja. ¿Para qué le servía el dinero en el averno…? Junto a Berrondo, estaba sentada, cuando podía por la temperatura del asiento, Jadwiga Petrowski Camaño o Citlalicue Ibarra Camaño, ex presidente de Morea, a saber siquiera cómo se llamaba y se apellidaba, comunista y millonaria confesa, menuda contradicción… En el infierno era conocida como la "Rábano", por haber obtenido una exención de 16 millones de pesos de impuestos perdonados por Pasos Narro y su pandilla, nada más y nada menos que por sus peores enemigos neoliberales, quienes la ayudaron a consolidar su ostentosa riqueza. A saber cuánto valía su patrimonio que desde luego nunca compartió con los pobres, los desheredados por los que, quién se lo iba a creer, estaba dispuesta a dar la vida de ser necesario. Casi siempre se le encontraba rodeada de miserables marginados que la devoraban perpetuamente a mordidas, hasta "revivir" una vez más. Su peor castigo consistía en haberle creído al sonriente Lucifer cuando ella todavía era terrícola. Al diablo le confesaría tarde o temprano el monto de sus haberes… Ahí se le veía dando aullidos espantosos, mientras perecía a mordiscos de diablillos y junto con Menelao Delgadillo, líder de los diputados, que le había vendido su alma a un pariente de Satanás, el enemigo de toda rectitud, y Roberto Montilla, cabeza de los senadores mexicanos. Todos cumplían una sentencia dictada por una Corte Celestial inatacable…

En un momento de lucidez, al despertar afiebrado y percatarse de que todo había sido un sueño angustioso, el presidente de la República se puso de pie, se limpió el sudor de la frente con la manga de su pijama, tomó un par de tragos de agua de una botella colocada sobre su mesa de noche y, con el vaso en la mano, se dirigió a la ventana de Palacio Nacional, desde donde podía contemplar toda la República hasta en sus mínimos detalles. Recuperaba la respiración. ¡Qué mal momento había pasado!, se decía en silencio sin dejar de negar con la cabeza. Dio unos pasos en la habitación sin salir al pasillo por donde habían caminado sus antecesores, jefes de la nación, quienes, sin duda, también habían padecido interminables noches de insomnio. Brigitte reposaba ajena al malestar de su marido. Él prefirió dejarla dormir. Un tiempo después, cuando el cansancio volvió a invadirlo sentado en un sillón colocado frente a una chimenea y empezó a cabecear, decidió acostarse de nueva cuenta con la esperanza de no volver a ver el rostro sanguinolento de Mefistófeles ni encontrarse con él a la entrada de infierno extendiéndole una cordial bienvenida con una sonrisa beatífica.

Tan pronto empezó a enhebrar el sueño, una nueva pesadilla ajena a Lucifer y a sus territorios demoníacos se apoderó de él. Por lo visto, esa noche no podría descansar, los espíritus perversos se lo impedirían. Al otro día pediría la visita de su chamán consentido, el que le había dado tranquilizadores baños de incienso cuando tomó posesión de su cargo y lo llenó de energía positiva extraviado en la humareda.

No había transcurrido más allá de una media hora, cuando vino a su mente, como una fantasía aterradora, nada menos que el rostro del presidente interino de la República, su sustituto, el secretario de Gobernación, nombrado a partir de su muerte, víctima de un fulminante ataque cardíaco. ¡Claro, sí, él no solo había muerto en su nuevo delirio, sino que también ya había sido velado en Bellas Artes entre chiflidos de la plebe! ¿Su pueblo, el bueno y sabio, lo abucheaba cuando él siempre había deseado unas exequias honorables e históricas de acuerdo con sus colosales dimensiones como estadista, salvador de la patria? La sucesión había marchado de acuerdo con lo previsto, discutido y aceptado en torno a su desaparición física, solo que un creciente malestar invadió su mente, cuando un nuevo mandatario, sustituto, no interino, traicionando los acuerdos verbales entre ambos, olvidó todo lo pactado y empezó por cancelar de un plumazo la construcción del aeropuerto de Santa Lucía para continuar con la obra en Texcoco, que generaría 150 mil millones de dólares al año, una derrama económica sensacional que enriquecería a toda la nación. AMLO contemplaba azogado e impotente la escena desde el infinito devorado, una y otra vez por las llamas eternas. ¿Cómo se le había ocurrido al imbécil de Lugo Olea cancelar los trabajos de ingeniería más importantes de la historia de México y renunciar a la generación de 900 mil millones de dólares en un sexenio y a la creación de cientos de miles de empleos?

Como si lo anterior no fuera suficiente, en la insufrible pesadilla presidencial, la mayoría del gabinete de la 4T, mejor conocida en el averno como la

50

4M, la Cuarta Masturbación, había huido del país o estaba encarcelada. Nadie de Morea, ni secretarios de Estado, ni legisladores ni sus gobernadores ni algunos ministros de la Corte, auténticos presupuestívoros, unos más corruptos que los otros, podían salir a la calle sin que la gente les escupiera o los golpeara o los medio matara. AMLO no podía más con el peso de las sábanas. Intentaba librarse de ellas a patadas impulsivas para superar la asfixia. Empapaba la cama, volteaba desesperado en busca de auxilio, sujetándose firmemente la garganta como si se le fuera a cerrar para siempre.

El nuevo mandatario le daba la vuelta al país como un calcetín y recuperaba en instantes la confianza en la gran marca mundial llamada México. Derogó la mayor cantidad de reformas constitucionales y legales promulgadas por Lugo Olea. Su popularidad se disparaba hasta el infinito, en tanto el populacho que tanto amaba AMLO, el verdadero pueblo sabio, iba a orinarse a diario en su tumba, como parte de una interminable peregrinación. Nada de construirle un hemiciclo como el de Juárez para honrar su memoria histórica. Los hedores mefíticos que despedía su sepultura inducían a los pobladores de las colonias circunvecinas al vómito. Un letrero muy mexicano, saturado de humor negro, invitaba a la risa a los distinguidos visitantes:

A toda aquella persona que desee defecar en el sepulcro del "Iluminado", se le suplica evacuar el vientre dentro de la superficie marcada con cal, siempre y cuando no utilice papel

51

higiénico. Lo anterior para la preservación del medio ambiente.

Atentamente,
el Pueblo Sabio de México

De repente, México se convertía en el ombligo del mundo. Arribaban miles y miles de millones de dólares, euros, yuanes y yenes que creaban empleos y bienestar. Las rondas petroleras inundaban con miles de millones de dólares las arcas nacionales para detonar el desarrollo de México y desmantelar la crisis financiera de Pemex. Se extraía abundante petróleo gracias a la técnica del *fracking* que le había reportado autosuficiencia petrolera a EU, mientras el norte de México se convertía en potencia gasera en razón de la explotación del *gas shale* con la participación asociada de experimentadas empresas extranjeras. Se dejaba de importar gas, los proyectos multinacionales de energía limpia, la eólica o la solar, las baratas, las naturales que sobraban en el país desplomaban las tarifas de consumo de energía eléctrica. El peso se revaluaba día a día. Esa sí que era una verdadera transformación de cara al futuro. Bienestar para todos, mientras que el director de Pemex, Octaviano Riveroll, experto en el cultivo de nenúfares, "vivía" también en el averno, sentado en la boca de una enorme chimenea, respiraba hasta envenenarse, partículas suspendidas, abundante óxido de azufre y de nitrógeno para morir entre dolores de horror, asfixiado, intoxicado hasta que Mefistófeles dispusiera lo contrario, a saber cuándo…

Lugo Olea intentó sacudirse la colcha una vez más, como si se estuviera incendiando al corroborar la reinstalación del Consejo de Promoción Turística y de Pro México, para invitar a la comunidad internacional a invertir en el país de la oportunidad, el mejor destino del mundo escogido por los turistas. Nada parecía ser suficiente. Los desempleados aplaudían a rabiar al comprobar que las tortillas regresaban a casa, mientras componían una canción con gran ritmo tropical, ayudados por bongos: a más ricos, más trabajo y a menos ricos, menos bienestar, ay, cosita linda, mamá…

Lugo Olea, sofocado e impotente, comprobó la cancelación de Dos Bocas, del Tren Maya y del Corredor Transístmico, aberrantes proyectos que nacerían quebrados. Gigantescos desperdicios financieros en un país con 50 millones pobres. La nación estalló en ¡Vivas! cuando 350 mil pequeñitos pudieron volver a las estancias infantiles, en tanto se reabrían los refugios para mujeres golpeadas, así como los comedores comunitarios; regresaba el presupuesto y con ello se adquirían equipos y medicamentos para los hospitales públicos, la nación recuperaba su salud, los médicos del sector público regresaban a sus empleos y curaban a las personas de escasos recursos, se expulsaba a los "doctores cubanos", en realidad, agentes comunistas. Se reponía la autonomía de los organismos públicos. Se fortalecía la democracia. México apoyaba al Grupo de Lima, condenaban la dictadura comunista de Maduro o *Maburro*, como quiera que se escribiera. Las compras del gobierno se hacían por licitación y no por asignaciones directas. Ya no se perseguía a los opositores y se derogaban las leyes confiscatorias e ilegales. La corte ya no explotaba en amparos interpuestos por millones de afectados. Las cárceles empezaban a poblarse de moreistas, priistas, panistas y ciudadanos corruptos. Se imponía la ley y se respetaba la voluntad popular.

Las fuerzas armadas regresaban a los cuarteles, ya no se les encargaban tareas propias de los civiles. Se desintegraba la Guardia Nacional para capacitar a la Policía Federal, a la estatal y hasta la municipal. Se volvía a instalar una reforma educativa con arreglo al mérito y no a las presiones sindicales. Se tranquilizaba a los mercados y a las casas calificadoras. Se cancelaban las dádivas por 350 mil millones de pesos obsequiadas a parásitos, a ninis y a otros beneficiarios, era la hora de trabajar y no de comprar el voto de millones de mexicanos para el 2021 o el 2024. Por supuesto que subsistían las ayudas sociales, solo que sin objetivos electorales. Ya no se obsequiarían 100 millones de dólares a los países centroamericanos, cuando en México se requerían capitales y empleos a gritos. Las consultas populares espurias del señor Lugo Olea eran consideradas delitos federales. Se acababa el paternalismo que invitaba a la resignación y a la pobreza.

Un kilo de tortillas ya no costaba 3 mil pesos ni un libro 23 mil ni el metro mil pesos, entre otros ejemplos no menos dramáticos propios de la Venezuela chavista. Se contenía el desquiciamiento económico. Volvían a Hacienda los peritos en finanzas públicas y al resto del gobierno los verdaderos burócratas profesionales, quienes al dejar de ser trabajadores de confianza al servicio del Estado, podrían emplearse en la iniciativa privada sin desperdiciar 10 años dedicados a la lactancia de lechones, antes de poder explotar sus verdaderos conocimientos académicos. Se reorientaba el rumbo en dirección a la eficiencia. Finalmente se erradicaba la corrupción, el país salía de la ruina, se ordenaba el presupuesto público, se amortizaba la deuda federal, se recuperaba el crédito público, descendía la inflación, se creaban millones de empleos, se recobraba la marca México, se devolvía la autonomía al Banco de México, volvían los capitales nacionales y extranjeros, se sometía a los huachicoleros, se apresaba a los asaltantes de trenes cargados de alimentos y materias primas, se desalojaban por la fuerza a los miles de invasores de predios privados, se encarcelaba a los contrabandistas, se archivaba en los basureros de la historia la execrable "Constitución Moral", se acrecentaba el ahorro nacional y retornaba la confianza al país cuando también se controlaba a los narcotraficantes con la ayuda de policías internacionales y se llegaba a acuerdos pacíficos. Se instalaba la paz. La historia ya no se repetiría como en ese 2019, un año de verdadero horror, impuesto como un fatal castigo propio de un país desmemoriado. La nación había aprendido la gran lección del populismo. Estaba vacunada para siempre…

No amanecía, nunca oscurecía, nunca lograba dormir Lugo Olea: el infierno era eterno, mientras él se incineraba una y otra vez…

Segunda parte

El político debe ser capaz de predecir lo que va a pasar mañana, el mes próximo y el año que viene; y de explicar después por qué fue que no ocurrió lo que él predijo.

Winston Churchill

La política es el arte de engañar.

Nicolás Maquiavelo

La política saca a flote lo peor del ser humano.

Mario Vargas Llosa

En el atardecer del 2 de mayo de 2020 un cielo borrascoso anunció una de las primeras lluvias en la capital de la República. Por alguna razón desconocida, tal vez desde su más remota infancia, Martinillo disfrutaba el veleidoso temperamento de la naturaleza, en particular la fuerza indomable del viento, así como los implacables aguaceros acompañados de estremecedores relámpagos que siglos atrás sometían a las primeras civilizaciones temerosas del tremendo poder vengativo de los dioses. El escritor se deleitaba contemplando la concentración de densas nubes grisáceas y amenazadoras, provenientes del norte de la ciudad. Sentado en una silla colocada en la terraza de su departamento en la colonia Condesa, gozaba, como pocos, el momento del oscurecimiento gradual del horizonte, el lento descenso de la temperatura y el arribo de la humedad previa al chaparrón. De pronto, la suave brisa se convertía en vendaval, se empezaban a mecer las copas de los árboles y los pájaros, sabios intérpretes de las ventosidades vespertinas, huían en busca de refugio al tiempo que los truenos hacían sentir su presencia junto con luces enceguecedoras que iluminaban la inmensidad del firmamento.

Cuando el cielo empezó a resquebrajarse con los sonoros latigazos plateados de la tormenta, el escritor, Martinillo, ubicado en primera fila, aprovechó la ocasión para encender un puro habano con el ánimo de revivir esa vieja costumbre adquirida cuando vivió extraviado en las bananeras de Nicaragua, dedicado a escribir la historia de la United Fruit Company, la compañía bananera más grande del mundo, la poderosa corporación que quitaba y ponía presidentes en Centroamérica a su antojo, con la ayuda de los marines de Estados Unidos. Al inhalar el aroma del tabaco con sabor a viento, volvió a recordar momentos inextinguibles de su existencia.

Al empezar el aguacero, prefirió entrar a la pequeña sala, al mismo tiempo biblioteca, saturada de libros antiguos y modernos, fundamentalmente de la historia de México. Ahí, al cerrar la puerta, se encontró con Roberta, su querida esposa, clavada en la redacción de uno de sus textos, deshilvanados, como ella los calificaba, al tratarse de temas aislados, desencadenados, producto de su insaciable curiosidad por los sentimientos humanos, el mundo irracional de las emociones y de las vivencias existenciales, sus grandes pasiones.

Roberta no se percató de la entrada de su marido en la estancia, ni le devolvió el saludo cuando las primeras gotas de lluvia empezaron a estrellarse contra las ventanas para hacer temblar los vidrios con los feroces soplidos del viento. Con su lápiz en la mano, la filósofa corregía compulsivamente, una y otra vez, sus textos impresos. Peor aún, ni siquiera el perro Fernández, que empezó a ladrar asustado por el poder de los relámpagos, logró apartarla de la narrativa que la mantenía ensimismada. Estaba extraviada, perdida en sus reflexiones, mientras escribía con aquel ímpetu de quien se ve obligada a redactar sus ideas a la brevedad, antes de perderlas como palomas asustadas.

Fernández, el labrador color miel de Gerardo, se encontraba tirado al lado de ella con ambas patas cubriéndole los ojos y el hocico. Era la caricatura perfecta. Mañana, bien lo sabía él, después de una lluvia intensa, saldría a correr con su amo con la esperanza de encontrar muchos charcos para empaparse. Roberta, por lo visto, tampoco se percataba de la presencia del can; de hecho, le resultaban irrelevantes los animales, si no es que hasta molestos. Sí, lo que fuera, pero el gran Fer era un animal noble y generoso, solo le faltaba hablar, imposible no quererlo.

—¿Qué escribes? —preguntó Martinillo sin ocultar su curiosidad al verla tan atenta en la redacción de un nuevo trabajo. Encima de su escritorio tenía una placa de latón con una frase de uno de sus autores norteamericanos más admirados: "No se puede ser un buen escritor si no se tiene al lado un buen detector de mierda".

—Luego te digo, no sé si te va a encantar —repuso sin voltear a verlo—. Le escribo a mi sobrina Roberta, mi colombiana consentida, que ya no aguanta vivir en su país. Acabo de colgar con ella a través del WhatsApp y me preguntó, a sus casi 18 años, de qué se trataba esto de vivir. Terminó con su novio por haber evadido, con el paso del tiempo, las conversaciones difíciles, hasta que de golpe soltó todas sus quejas acumuladas después de un año de su primera relación amorosa, en la que hizo todo lo posible porque su novio estuviera bien, aun cuando ella la pasara perfectamente mal. Claro que tronó y expulsó los resentimientos acumulados y el otro no la bajó de loca de atar… Luego te cuento…

¿De qué se trata esto de vivir?
A mi querida sobrina Roberta
¿De qué…? Ven, ven, te cuento al oído ahora que nadie nos escucha: se trata de invertir lo mejor de tu tiempo y de tu ser en incursionar en tu interior con la idea de descubrir, tan pronto como sea posible, tus habilidades, tus capacidades, tus atributos, tus dotes y talentos para desarrollarlos y explotarlos a su máxima expresión. La vida es búsqueda, tal y como lo dijo el poeta, sí, pero además es coraje y determinación para materializar nuestros más caros anhelos antes de que la resignación, la molicie o la cobardía se apoderen de nosotros y nos inmovilicen. ¿A dónde vas si ignoras tus talentos porque nunca te preocupaste por descubrirlos o, una vez reconocidos, te negaste a creer en ellos por apatía o comodidad sin percatarte que día con día la sangre se te convertía en veneno?

La vida es un reloj de arena imposible de hacerlo girar para recargarlo y volver a disfrutar sus esencias. Vives una vez, una sola vez y ¡ya!, no hay más ni habrá más: se acabó y se acabó para siempre, salvo que creas en el paraíso, en el purgatorio, en el infierno, en la reencarnación, o en una vida en el más allá, escenarios imposibles de deglutir entre seres pensantes sometidos al rigor de la razón, porque cuando mueras no entrarás al reino de las tinieblas, no, ni habrá luz ni oscuridad ni sonidos ni voces ni recuerdos ni memoria. La nada es la nada. Solo que los motivos que inspiran la redacción de estas breves líneas están desvinculados de la teología.

Mi propósito principal consiste en invitarte a hurgar tu interior, a escarbar en él, a fisgonearte, en tanto cuentes con la mágica energía de la existencia. La audacia juega un papel definitivo en la toma de las decisiones existenciales: no se puede ser feliz sin ser valiente, los cobardes jamás llegarán a ser felices. Entonces, si encontraste la razón para vivir, no una razón, sino la razón, no pierdas tiempo, empeña lo mejor de ti, pasa por encima de todo y de todos: si tienes que atropellar, atropella; si vas a lastimar, lastima, sí, pero lucha con cuanto tengas por defender tu derecho a ser. Nunca, nadie te va a agradecer el hecho de haber traicionado tu vida, de haberla desperdiciado a cambio de complacer los deseos y egoísmos de terceros, que tal vez ni siquiera llegaron a saber que te sacrificabas por ellos y si lo supieron, tampoco les importó. Da un paso al frente sin voltear a los lados. Camina con los oídos sordos. No escuches a los perros que te ladran en el camino, que no te amedrenten, que nada te amedrente. No te detengas, no te canses, continúa. Tus seres queridos te lo agradecerán.

Aprende a ser egoísta, cuando tu futuro esté en juego. Los alambristas se afianzan antes de cargar a otros en sus hombros, porque de no hacerlo, podrían precipitarse todos al vacío. No pretendas que alguien te siga cuando ni siquiera puedes contigo misma. Construye tu seguridad, afírmate, sé una persona sólida y confiable, dueña de tu destino y de tus emociones, un ser humano que sabe a dónde va sin dudar lo que quiere, cómo lo quiere y dónde lo quiere. Que, para lograrlo, concentra y dirige tenazmente sus energías en la conquista de sus ambiciones.

Nunca digas todo lo que piensas, pero sí debes pensar lo que dices y, aún más, hacer lo que dices. Hoy en día, la congruencia es un valor en desuso. Habla menos y escucha más. La verdadera felicidad está en tu interior. El mundo exterior es un complemento, si tú estás mal, los demás, los que te quieren, tampoco estarán bien, los arrastrarás en tu malestar.

No es cierto que dejas de enamorarte al envejecer, la verdad es que envejeces cuando dejas de enamorarte. El estado ideal de un ser humano es el enamoramiento permanente. Es absolutamente falso que te arrepientes de lo que dijiste, pero nunca de lo que no dijiste y que siempre serás esclavo de tus palabras, pero no de tus silencios... ¡No! Confieso que muchas veces me arrepentí de haberme quedado callada y me lo he reprochado en mis interminables noches de insomnio.

Si te esfuerzas por llegar a la cima para recibir aplausos y ovaciones por tu trayectoria, cuando tú en el fondo sabías que habías llegado a una meta que no deseabas conquistar, pero era la que te daría prestigio y popularidad, pues ven, te cuento: al llegar a arriba descubrirás que no hay nada, absolutamente nada. El peso que cargarás sobre tus espaldas al haber sido una hipócrita contigo misma, al haber hecho lo opuesto a tus deseos a cambio del reconocimiento público, acabará por amargarte y ya entonces será demasiado tarde para recuperar el tiempo perdido. Los halagos habrán obnubilado tu entendimiento y las luces de los reflectores te habrán enceguecido y desviado de la ruta original, para dar al final del camino con el vacío. El castigo por haberte traicionado consistirá en la imposibilidad de dar marcha atrás a las manecillas de tu vida.

El contacto con la muerte te ubica y los prejuicios, las timideces, el miedo al ridículo o al fracaso se desvanecen como sombras de la noche y te enfrentan con la realidad, con la verdad y con lo vital. ¿Qué es lo vital? Solo tú lo sabrás y, si nunca lo descubriste, serás la primera víctima de tu indolencia. Tu tiempo, el de todos, es limitado y esta incertidumbre es la chispa que detona la acción y debe explotar lo mejor de nosotros. La cercanía de la muerte elimina con su afilada guadaña lo inútil, corta la hierba que consume las energías positivas, acaba con un solo movimiento con lo superfluo, limpia la visión, recarga los ánimos, invita a la audacia cuando imaginas cómo se acerca, incontenible, a tu cuello. ¿Cuántas veces has sonreído hoy? ¿Ya cantaste? ¿Ya le dijiste a tu gente que la amas? ¿Cómo quieres que te recuerden? ¿Lo has pensado? ¿Te has vencido a ti misma y disfrutado el ridículo? ¿Bailas? ¡Es hora! ¿Qué importa la mofa frente a la muerte? Te lo cambio por una sonrisa...

Déjame concluir estas reflexiones con un poema de Jaime Sabines, un monstruo de sabiduría y humanidad:

Alguien me habló todos los días de mi vida
al oído, despacio, lentamente.
Me dijo: ¡vive, vive, vive!
Era la muerte.

Te adora tu tocaya, tu tía Roberta. Ya nos tomaremos juntas una gran Lulada, pero con ron mexicano. Te encantará.

Al concluir la primera versión de su texto —Roberta siempre alegaba que tenía entablada una guerra a muerte en contra de la mediocridad—puso las breves cuartillas en manos de Martinillo, quien las devoró en un santiamén y de inmediato cuestionó a su mujer:

—¿Crees que te vas a morir o me vas a abandonar porque te vale madres lastimar a terceros con tal de defender tu derecho a ser?

Roberta, por toda respuesta, se montó a horcajadas encima de Martinillo para decirle al oído:

—El que se va a morir eres tú, chamaquito, porque te voy a coger al derecho y al revés…

Gerardo aceptó encantado el encuentro, a sabiendas de que se trataba de un impulso genuino de su mujer, pero lamentablemente cada vez más aislado. Compartía y disfrutaba con ella sus últimos momentos de placer, como si se tratara de la flama parpadeante de una vela a punto de la extinción. Bien sabía el periodista que jamás la abandonaría, no, eso nunca, porque su matrimonio no se reducía a un intercambio carnal. En el fondo, una vulgaridad, un vacío, una gran farsa, en donde los poderosos vínculos de una relación no podían ser ignorados. La cuidaría y pasaría a su lado hasta el momento del último suspiro.

Las gotas de lluvia se estrellaban feroces contra las ventanas del departamento, como si quisieran interrumpir a la pareja que jugaba en la cama a encontrarse con la eternidad. Gerardo se cuidó mucho de externar su sorpresa ante el arrebato de su mujer tan aislado y añorado de tiempo atrás. Por el momento, disfrutaría el vigoroso intercambio de caricias, unas más osadas que las otras. "Toma de la vida lo que te da, cuando te lo da y como te lo da", le había enseñado su tía Lili, embajadora de la felicidad.

Cuando concluyeron el rutinario momento amoroso, ambos alcanzaron una escasa plenitud, ciertamente satisfactoria, todavía después de casi 30 años de relaciones matrimoniales. Martinillo recordó la sentencia dictada por un poeta francés del siglo XIX: "No puedes tener una gran esposa y una gran amante al mismo tiempo". Roberta era graciosa, dotada de un gran sentido del humor, de risa fácil y atractiva, inteligente, culta, lectora voraz, gozaba la música, en particular de su época, aun cuando también disfrutaba intensamente la música clásica y algo de ópera cuando no tenía más remedio que escucharla. La deleitaban las comidas con manteles largos, cuchillería y cristalería de lujo; sus vinos requerían de un buen cuerpo para satisfacerla. Era una feroz conversadora, incapaz de concederle la razón a sus oponentes salvo que utilizaran argumentos incontestables, sobre todo cuando se hablaba de pintura, literatura y filosofía. Estaba viva, llena de curiosidad e invariablemente rodeada de una cantidad inmensa de amigos y admiradores con quienes discutía de cualquiera de los temas que le apasionaban, a saber cuál más. Se levantaba cantando y se acostaba sin perder nunca un optimismo contagioso. Resultaba prácticamente imposible descubrirla fuera de sí, deprimida o triste. Parecía tener un filtro en los ojos que le impedía distinguir la maldad en sus semejantes, porque siempre buscaba un ángulo o un pretexto que le permitiera exonerar a terceros de una mala conducta. Al ser muy celosa de su libertad, nunca quiso tener hijos ni depender de nadie que la atara a un indeseable cautiverio ni que la apartara del conocimiento, de la investigación y de la lectura. No había nacido para amamantar, para cambiar pañales ni para cuidar niños, educarlos, sufrir por ellos o poner en juego su paz y su tiempo. Si vivía con Martinillo, entre otras poderosas razones, era porque él nunca le exigía cuentas de nada ni la limitaba en nada ni la obligaba a nada ni le pedía nada, al extremo de no solicitarle siquiera un whisky, bebida que los dos compartían hasta llegar a la euforia. Que cada quien hiciera lo que le viniera en gana, al fin y al cabo, ya sabían lo que se jugaban…

Mientras se abrazaban en silencio, cada uno en sus reflexiones, unas confesables y las otras imposibles de externar, el autor pensaba en las relaciones matrimoniales entre musulmanes. Los hombres pueden tener hasta cuatro mujeres simultáneamente, siempre y cuando no existan diferencias económicas ni emocionales entre ellas. Los obsequios materiales, los bienes patrimoniales y los afectos se deben repartir por partes iguales en el pequeño harem doméstico. ¿Que había una preferida? Sí, pero ninguna se debería ver desfavorecida en ningún aspecto. Lo justo era lo justo. Por supuesto que también llegó a su mente el recuerdo de Pancho Villa cuando Adolfo de la Huerta le regaló el rancho El Canutillo al final de la Revolución para acabar de pacificar el país, ¿por qué no? ¡Claro que el famoso "Centauro del Norte" no solo aceptó la generosa oferta, sino que invitó solo a ocho de sus esposas a vivir con él, eso sí, ¡con todo y chamacos! Cuando le preguntaban al general Villa con cuál de sus ocho esposas pasaría la noche, él simple y llanamente contestaba que todo dependía de lo que quisiera merendar, porque una hacía unos caldos inolvidables, otra preparaba unas exquisitas flautas de barbacoa y otra más lo hacía muy feliz con unos tamales de Oaxaca. Todas tenían especialidades en la cocina, así el destacado militar escogía con quién dormir, según los dictados de su estómago vacío. Esos eran hombres de verdad, pensaba en su interior el autor incendiario, ocultando una sonrisa congestionada por la picardía.

—Me encantó la carta a tu sobrina. Parece un grito de desesperación, una urgencia por vivir, una súplica de no perder tiempo: le va a quedar claro que esto de vivir se reduce a un ahora o nunca —adujo Gerardo, acercándose a su mujer bajo las sábanas. Recordaba también cuando se habían encontrado en Colombia, ya casi tres décadas atrás, y el mismo día en que se conocieron, unas horas después, se juraron amor eterno en la cama. ¡Qué mujer!

—Los jóvenes —repuso ella— ya no deben vivir con los códigos éticos de nuestra generación. De la misma manera que cuando estalló la bomba atómica en Japón, a la gente le entró una prisa muy justificada por vivir, y de ahí se impusieron nuevos patrones morales; de igual forma sucedió cuando se inventó la píldora anticonceptiva y las mujeres pudimos vivir una libertad sexual antes desconocida. Ahora a los muchachos hay que invitarlos a disfrutar la vida sin tapujos, cobardías ni hipocresías, porque simple y sencillamente no hay tiempo. Con esto del coronavirus y estos terribles encierros, esta cercanía con la muerte no la habíamos vivido en esta generación. Si mi sobrina consentida me pide permisos secretos que ella no se concede, yo se los voy a dar todos, aunque tenga que pasar por encima de sus padres, en este caso de mi querida hermana. No quiero que cometa los mismos errores que yo cuando fui educada, llena de prejuicios, por monjas carmelitas, unas más cavernícolas y ridículas que las otras. Yo me liberé contigo y no quiero que ella pierda tiempo.

—Claro, amor mío, se trata de dormir rapidito, no poquito, porque el viento entra como un rabioso vendaval para atropellar con furia nuestras vidas.

—Cierto, tenemos que apurarnos —repuso Roberta con una fugaz sonrisa, disfrutando el sentido del humor de su marido.

—Sí, claro que hay que apurarse a vivir —insistió Matinillo—… Algún día quisiera encontrarme con el imbécil que sostuvo que la tercera edad era la mejor del ser humano… Estaba absolutamente herrado, con h, como las mulas, porque cuando envejeces el pelo se te pone blanco, se te caen los dientes y te quedas chimuelo, te quedas dormido en todos lados, dejas de estar, pierdes tu agilidad, todo se te olvida, empiezas por no reconocer ni a tu propia gente, lloras como un crío, te tienen que sacar en una silla de ruedas a tomar sol, te alimentan con purés, pierdes el control de los esfínteres, se vuelve imprescindible el uso de pañales, dejas de escuchar, te vas quedando sordo y casi ciego porque ya no puedes leer, en ocasiones ni con anteojos, se van muriendo tus amigos que te acompañaron durante toda la vida y con los que quedan solo hablas de enfermedades; empiezas a ser un estorbo en tu familia, en tanto muchos de los tuyos te preguntan cómo estás no porque les preocupe tu salud, sino para saber a qué hora te vas a morir para entrar a saco por la herencia… Como verás, este resumen es poco alentador, por todo ello hay que dormir rapidito. Es ahora, ahora mismo, ya no digamos mañana.

—Por eso mismo impulsé a mi sobrina a vivir, a descubrir, a saber para qué nació y a encontrar el sentido de su existencia.

—Haces bien, Rober, mi vida: no hay mañana —adujo Gerardo pensativo. Él mismo le había abierto las puertas de la existencia a Marga, su amante, al enseñarle nuevas emociones que ella, de una u otra manera, ya se había resignado a no volver a disfrutar. ¡Qué equivocada estaba! Cuando Roberta, su mujer, cumplió los 60 años de edad, todavía relativamente joven, sintió cómo se desplomaba el telón en su vida sexual. Se volvió mucho más presente, afectuosa, detallista, preocupada por la salud y la economía de ambos, sin perder detalle alguno en su convivencia matrimonial. Pero eso sí, el sexo pasó a un segundo, tercero o hasta cuarto lugar, mientras que Martinillo sentía cómo la vida se le escapaba como finos granos de arena entre los dedos de la mano. Los intercambios carnales con

Marga, ¡qué nalgas, Dios mío o suyo o de quien fuera el tal dios!, lo llenaban de una energía vital que lo animaba a existir, a redactar, a luchar, a investigar y a denunciar todo aquello que le pareciera indigno, inútil, ilegal o podrido en los medios de difusión masiva. Marga ayudaba a la permanencia de los granos de arena en las palmas de las manos de su amante… Roberta nunca sabría, y tal vez tampoco le preocupaba saber, el origen de los felices estados de ánimo de su marido ni cómo o por qué o de dónde, había tomado un segundo aire en su existencia, cuya beneficiaria era, sin duda alguna, ella misma. Gerardo se encontraba siempre atento, sonriente, obsequioso y comprensivo mientras se negaba a morir en vida. ¡Claro que él tenía la edad de la piel que acariciaba y esta conquista de la juventud perdida la gozaba Roberta día con día sin preguntarse el origen de tanta dicha! Así había sido siempre Gerardo… ¿Cómo olvidar cuando Eleanor Roosevelt, la esposa del presidente, invitó a la amante de Franklin a despedirse de él, cuando este agonizaba en Warm Springs, porque al fin y al cabo esa mujer lo había hecho profundamente feliz, por lo que le guardaba un gran afecto y agradecimiento? Eleanor conocía de buen tiempo atrás las relaciones extramaritales de su marido, pero, por conveniencia personal, había preferido no darse por enterada.

—¿Y tú, en qué estás ahora mismo, amor? —preguntó Roberta somnolienta y amable.

—Yo he dejado de lado la comparación que estaba haciendo entre Juárez, Madero y Cárdenas, para demostrar que AMLO no se parece en nada a ninguno de los tres. AMLO lucra políticamente con los grandes protagonistas de la historia de México y abusa de la ignorancia patética de la inmensa mayoría que votó por él. Para ellos, Lugo Olea es Juárez, el Benemérito, o Madero, el presidente mártir; o Cárdenas, el gran defensor del patrimonio mexicano. Los pobres no tienen ni idea y, claro está, lo ven como a un Dios, les da igual no saber nada, como tampoco se percatan de la manipulación de que son víctimas de parte del gobierno y de la Iglesia.

—¿Pero en qué estás ahora mismo? Yo me quedé con Juárez…

—Pues te cuento: en este momento lo que quiero publicar es todo aquello que Lugo Olea pudo haber hecho por el bien de México, detallo las armas con las que contaba para construir el México de nuestros sueños, su gran oportunidad para ayudar en serio a los pobres, entre otros objetivos. Su presidencia, en 18 meses, ha destruido lo que construyeron generaciones de mexicanos; ha sido el peor mandatario de nuestra historia, con excepción de las terribles 11 ocasiones en que Antonio López de Santa Anna ocupó el poder.

—¿Me cuentas? —preguntó Roberta adhiriéndose al cuerpo de su marido.

—Me produce una tremenda frustración que Lugo Olea haya desperdiciado la popularidad y el poder con los que llegó a la Presidencia de la República. Contaba con todas las herramientas para hacer de México una gran potencia en todo sentido. Imagínate que prácticamente tiene el control del Congreso, además de 19 congresos estatales, así como la esperanza de 30 millones de mexicanos que al creer en sus promesas de campaña votaron confiadamente por él. Pero tan pronto ganó las elecciones, antes de su protesta constitucional el primero de diciembre, comenzó por cancelar el aeropuerto de Texcoco para asustar y alarmar a los inversionistas nacionales e internacionales y dañar gravemente la marca México con una consulta ilegal y espuria. Hasta el *Financial Times* publicó que era una de las decisiones más "estúpidas" tomadas por presidente alguno.

—¿No eres muy radical, *Gerry Boy*?

—No, amor, no —exclamó el escritor mientras apretaba el gatillo de la ametralladora hasta vaciar el cargador—. AMLO entró como un cerdo con el culo enchilado en una vidriería para destruir lo que nuestros abuelos, nuestros padres y la generación actual habíamos construido con esfuerzos faraónicos, después de una revolución, de una dictadura perfecta encabezada por bandidos y de una alternancia en el poder fracasada. Pero ahí seguimos y seguiremos luchando por tener un mejor país, muy a pesar de los moreístas, unos trogloditas. Contábamos con un patrimonio político, económico, industrial, comercial, educativo, cultural y social que, si bien es cierto requería ajustes, el tal AMLO, igual que el cerdo enloquecido de mi ejemplo, destruyó a su paso: no reformó ni modificó instituciones o leyes inconvenientes a su juicio, para él todo lo anterior solo tenía un destino: la basura —adujo escrutando el rostro de su mujer para calibrar si se pasaba o no en términos de los calificativos. Con ella convenía subir cada palabra a la báscula antes de pronunciarla—. AMLO se comportó como un peleador callejero decidido a imponer su ley a cualquier costo —continuó después de comprobar que Roberta no expresaba ningún malestar durante la conversación—. Se trataba de dar un manotazo para que todos entendieran, de una buena vez y para siempre, que él, después de 18 años, había llegado al poder para ejecutar el gran cambio que requería la nación. Solo que el cambio iba a ser para atrás. Nunca dudé que sería una involución suicida, un salto al abismo. Acuérdate —agregó consternado— cuando publiqué mis columnas en *Excélsior* y afirmé que lo que Lugo Olea entendía como cambio significaba en el corto plazo la ruina de México. Lo denuncié desde hace muchos años en los diarios, en las revistas, en mis entrevistas y en mis conferencias. Yo sí sabía de qué se trataba la llegada del monstruo al poder, lo entendí perfecto.

Roberta guardaba silencio con los ojos entornados. Ella había iniciado la conversación y sabía que su marido jamás terminaría de expulsar los venenos retenidos. Si ya sabes cómo es Gerardo, se lo reclamaba sonriente en silencio, ¿para qué lo provocas? Cuando menos se dio cuenta, se quedó dormida, más aún después del lance amoroso. La verdad sea dicha, el tema Lugo Olea, AMLO y la 4T la tenían verdaderamente harta, pero por cariñosa cortesía se había visto obligada a conocer el último ensayo de su marido. El sueño la venció y ella no hizo el menor esfuerzo por evitarlo.

—¿Qué dices, Rober…?

Silencio.

—¿Rober?

Silencio total.

Entendida la respuesta, Gerardo se puso de pie, se calzó sus boxers rojos con corazoncitos blancos y, sin camisa, se fue a redactar a su escritorio, mientras el cielo enjugaba sus últimas lágrimas y las gotas esporádicas anunciaban el final de la función. El periodista estaba de vena, en dedos, como decían los pianistas; había que aprovechar el momento de inspiración, la musa podía huir en cualquier instante. Se puso entonces a garrapatear cuartillas para publicarlas al día siguiente en *La Atalaya*. Al concluir las imprimiría porque solo así podría purgar los vicios y errores de su texto.

El gran desperdicio

Gerardo González Gálvez

AMLO pudo haber aprovechado su enorme capital político al trabar una alianza nacional con los empresarios y crear así millones de puestos de trabajo, pasar a la historia como el presidente del empleo, creando bienestar y erradicando la pobreza. ¿Qué hizo? Destruyó millones de empleos y se enemistó con quienes podían generar riqueza, en lugar de incorporarlos para emprender conjuntamente una batalla con el objetivo de erradicar la desigualdad que podría convertir al país en astillas de nueva cuenta. ¿China no rescató en 15 años a 200 millones de chinos de la pobreza? En lugar de ayudar a los pobres los traicionó y los multiplicó por doquier. En lugar de fortalecer a las anteriores instituciones públicas de carácter social, reconocidas e imitadas en el exterior por sus programas probados para luchar contra el hambre y la marginación, acabó de un plumazo con ellas o las sustituyó por otras que habían sido canceladas por inútiles e ineficientes. En lugar de invertir en obras públicas, regaló nada menos que el ahorro público, propiedad de todos los mexicanos, a parásitos o inútiles a cambio de que votaran por Morea y no perder el control de la Cámara de Diputados en el 2021.

En lugar de reconciliar al país con los mexicanos tomados de la mano para alcanzar el bienestar común, nos arrancó las viejas costras y nos dividió entre buenos y malos, chairos y pirrurris y ricos y pobres. ¿Así se combate la desigualdad? Cuando los malos, los fifís y los pirrurris (como quiera que se definan estas especies sociales) huyeron de Cuba y de Venezuela, se acabaron esos países. ¡Cuidado con los pirruris, porque un día, a lo mejor, tendrá que pedirles perdón y un préstamo...!

En lugar de ayudar a construir nuestra economía, vino a destruirla. En lugar de haber llamado a la sociedad y a varias instituciones extranjeras para acabar con la inseguridad pública, militarizó al país de acuerdo con la estrategia de Hugo Chávez, creó una Guardia Nacional y escandalizó a la ciudadanía con sus "abrazos, no balazos," para combatir al hampa, una "respetable" organización criminal que se sintió comprendida y apoyada por el propio presidente de la República... ¿Estará construyendo un narcoestado a espaldas de la sociedad? En lugar de sumarse a la tarea de consolidar un verdadero Estado de Derecho y nombrar un fiscal autónomo como aconteció en Perú y en Brasil para encarcelar a ex presidentes y de ahí para abajo, prefirió escoger a un fiscal carnal, a modo, para continuar con la aplicación de una justicia selectiva y volver a frustrar a la sociedad pensante e informada. AMLO juega con la paciencia de la nación.

Martinillo redactaba sin importarle que los golpes asestados sobre el teclado de la computadora pudieran despertar a Roberta. Ella dormía la paz de los justos. La desesperaban cada vez más los interminables monólogos de su esposo. ¿Cómo convivir con un fanático político? A pesar de sus 60 años, su cuerpo desnudo mostraba un poder inusual para detener la marcha del tiempo. El deterioro propio de la edad era apenas perceptible. Su disciplina y amor por el ejercicio habían surtido efectos mágicos, a los que ella coadyuvaba al echar mano de cremas y ungüentos rejuvenecedores que mantenían su piel muy cuidada y atractiva. Nunca dejaría de ser una mujer coqueta, aun cuando hubiera perdido interés por el sexo, mas no así por las relaciones amorosas. Ella siempre alegaría que el cuerpo humano no era sino un conjunto combinado de reacciones químicas, en ocasiones ingobernables. Bastaba con inyectarle adrenalina a un gato para que se aterrorizara con los ratones… Por otro lado, a él se le veía como a un pianista entusiasmado al dar sonoros teclazos, levantando brazos y manos, mientras interpretaba un nocturno de Chopin. Continuaba así:

En lugar de representar con dignidad y coraje a México en los foros internacionales, en donde se discute el destino del mundo, se negó infantilmente a asistir a las asambleas comerciales y económicas y abandonó a México a su suerte por complejos cerriles. ¿Acaso ya se entrevistó con Trump, nuestro poderoso y veleidoso vecino, cuando cualquier líder político intentaría reunirse con él por absoluta conveniencia? En lugar de fortalecer nuestra democracia, minó a los organismos autónomos para controlarlos a su antojo, impone su voluntad en el Poder Legislativo, como cuando nombró contra viento y marea, a través de aberrantes maniobras en el senado, a la actual presidente de la Comisión Nacional de los Derechos Humanos, que escribe su nombre con faltas de ortografía. ¿Esa es la democracia que prometió por "el bien de todos"? ¡Caray!

En lugar de encarcelar a la Mafia del Poder para disparar al infinito sus índices de popularidad, ignoró sus promesas de campaña y perdonó a los presupuestívoros del PRI, como ahora exonera los escandalosos hurtos del Berrondo, el de la CFE, y se abstiene de castigar a los burócratas cuando realizan compras por asignación directa, sin licitación establecida por la ley. ¿Así es como va a acabar con la corrupción, o la va a estimular, tal y como acontece en la actualidad? Ahora sucede que, en materia de comportamiento ético, la pandilla de Pasos Narro no pasa de ser un conjunto de lactantes comparada con estos nuevos delincuentes enchamarrados que vienen a robar sin piedad ni pudor ni temor a la ley al pueblo bueno y generoso…

En lugar de luchar por la transparencia, impuso con más eficiencia la opacidad al contar con "otros datos". En lugar de proyectar a México como el país de la oportunidad, ahuyentó a los capitales nacionales y extranjeros, provocó la depreciación del peso y el desplome de la bolsa; lastimó a ahorradores, canceló decenas de miles de empleos, deprimió los precios de las acciones de las empresas mexicanas cotizadas en el extranjero y desprestigió la colosal marca México.

En lugar de purgar de vicios a la Reforma Educativa, la derogó en un país de reprobados y privilegió a supuestos maestros, "defensores de la ignorancia", para hundir más en el atraso a la nación. En lugar de rescatar al sureste mexicano de la marginación invirtiendo miles de millones de pesos en el descubrimiento de sitios arqueológicos con su debida infraestructura para atraer al turismo mundial, construye un "Tren Maya", que nacerá quebrado por una previsible falta de aforo. En lugar de un plan para atraer capitales petroleros, estos huyen en busca de horizontes seguros. En lugar de seguir importando

80

gasolina barata de Estados Unidos, cuando el precio del petróleo está por los suelos —y seguirá por los suelos por muchos años más—, decide construir una refinería de miles de millones de dólares a inaugurar, tal vez, en no menos de una década, cuando en el mismo plazo la mayor parte de los automóviles serán eléctricos. (Algo así como comprar un circo y que te crezcan los enanos…). En lugar de cuidar a la alta burocracia creativa y trabajadora, prescinde de ella reduciendo los sueldos, desperdiciando largos años de capacitación y deteriorando y pudriendo el servicio público. En lugar de privilegiar la experiencia en el gabinete, prefiere misteriosamente la lealtad y desprecia el profesionalismo con sus inmensas ventajas.

No necesitamos concederle más tiempo a Lugo. De su Cuarta Transformación se puede afirmar lo que pudo haber sido y no fue. Ya causó suficiente daño. Ahora solo se trata de convencerlo, por el bien de México, de la conveniencia irrefutable de presentar su renuncia antes que los mexicanos de todos los sectores vayamos a correrlo a patadas de Palacio Nacional, a donde nunca tuvo que haber llegado. Esta generación de mexicanos no logrará reparar los perjuicios de toda índole ocasionados durante los últimos 18 meses.

El presidente Lugo Olea afirmó que deseaba ser "el mejor presidente de la historia de México" y que no nos iba a fallar… Pues ya falló y lo hizo a profundidad. Pasará a la historia no solo como el peor presidente electo, sino como el peor presidente en funciones desde la llegada de Iturbide al poder hasta nuestros días.

El 22 de mayo de 2020, Alfonso Madariaga continuaba encerrado, de pésimo humor, en su lujoso departamento en Nueva York, con una vista espectacular al río Hudson. La recreación de la panorámica es gratis, decía cuando gozaba de buen ánimo, solo tienes que tener 10 millones de dólares para adquirir el condominio en el piso 42… El famoso financiero podía escalar de rodillas y de espaldas el monte Everest o sumergirse, según decía, 70 metros, rodeado de hambrientos tiburones blancos, a un lado del Océano Índico, sin tanque de oxígeno, y salir vivo y airoso de la odisea. Se trataba, claro está, de un mentiroso profesional; sin embargo, se había apuntado éxitos notables en su vida y sorprendido a propios y extraños con sus ocurrencias y, en buena parte, aventuras reales, a saber… En efecto, podía llevar a cabo las empresas más audaces con las que dejaba boquiabiertos, absortos, estupefactos y anonadados a sus reducidas audiencias, pero esa valentía desaparecía como por arte de magia cuando le hablaban de un virus, como el coronavirus, o de una bacteria o de un enemigo invisible al que no podía combatir con nada y quedar así reducido a una insufrible indefensión. ¡Cómo olvidar cuando sostenía en público, entre amigos, con la debida seriedad del ilusionista, que los milagros los hacía con alguna dificultad, porque los imposibles los ejecutaba con la zurda!

Después de 50 días de confinamiento, precisamente esa mañana, cuando el sol brillaba a su máxima intensidad en la Urbe de Acero, harto del nerviosismo de sus clientes en la casa de Bolsa y de la incertidumbre propia de los mercados por la pandemia que ya había dejado sin empleo a 36 millones y paralizado a la economía norteamericana, cansado de tantas llamadas telefónicas desesperadas de sus operadores en Wall Street: "¿Ya viste cómo se desplomó Delta y se disparó Amazon?" "¡Vendo, vendo!" "¡Compro, compro!", llegó a su mente una de las declaraciones que con mayor frecuencia se le atribuyen a Winston Churchill en el contexto de la Segunda Guerra Mundial: "Para mí, un cambio de problema equivale a un veraneo." Ya habría tiempo, más adelante, para estudiar las consecuencias que provocaría en el mundo la decisión de los chinos cuando cancelaron el dólar de sus transacciones. ¿Cuál será la suerte de los *bitcoins*, las criptomonedas?

¿Será el yuan la nueva moneda global? ¿Sí...? ¿Con qué resultados? ¿Se desplomará el dólar? Uuuuffff... No, esa mañana ya no se sometería otra vez al masoquismo financiero. Necesitaba una salida, un recreo profesional y emocional. Y lo encontró.

En ese momento echó mano de su teléfono celular para comunicarse, vía WhatsApp, aun cuando no se conocían entre sí, con Gerardo González Gálvez. Al tratarse de un hombre público, fue relativamente fácil hacerse del número del destacado periodista, su compatriota. El receptor solo sabría, por lo pronto, el lugar exacto del extranjero de donde provenía la llamada. Si bien Martinillo solo contestaba cuando identificaba a las personas que se comunicaban con él, al ver en la pantalla el nombre de una ciudad de Estados Unidos, decidió responder en términos muy lacónicos:

—¿Síí…?

—¿Eres Gerardo González Gálvez?

—El mismo que habla y calza —respondió con expresiones afables ante la llamada de un desconocido. Le sorprendió que su interlocutor se dirigiera a él en perfecto castellano, sin acento extranjero alguno y, además, tuteándolo.

—Muchas gracias —respondió la otra voz al sentirse correspondido por la tradicional cortesía mexicana—. Me encanta ese lenguaje de los personajes teatrales del Siglo de Oro español —exclamó, para presentarse a continuación—: Soy Alfonso Madariaga. No me conoces, por supuesto, pero ya habrá tiempo para ello, te lo puedo asegurar, pero en este momento solo quiero informarte y compartir contigo datos y hechos de tu interés —concluyó satisfecho, para agregar, acto seguido—: Te escogí a ti entre muchos periodistas porque eres muy chingón, ves muy claro lo que ocurre y lo cuentas con muchos huevos. Te felicito —agregó con la mejor e inconfundible flema mexica.

—Te agradezco mucho el comentario, pero más te agradeceré si me explicas la razón de tu llamada porque, como entenderás, tengo mucho que hacer dada la pandemia política y económica por la que atraviesa México. ¿Me explicas, por favor? —exigió quien recibía cientos de mensajes al día, entre correos electrónicos, tuits, textos en Facebook, además de invitaciones para entrevistas en Zoom, en Blue-Jeans y en Google, entre otros medios electrónicos más. ¿Tiempo? ¡Cero! ¿Paciencia? Menos cero—. Por favor, ve al grano…

—Lo entiendo, no te preocupes. Lo primero que te quiero decir es que me caga el apodito de Martinillo, porque de alguna forma disminuye el poder de tu personalidad, tal vez deberías llamarte Martinote, como para empezar a entendernos.

Cuando González Gálvez pensó en colgar y cancelar la llamada ante los vocablos de Madariaga, por alguna razón prefirió continuar girando contra su depósito de tolerancia:

—La historia del Martinillo es muy larga y este no es el momento ni tú eres la persona a quien contársela, de modo que lo que tengas que decirme, suéltalo, pero en pocas palabras. Estoy a tus órdenes —adujo el periodista en términos cortantes.

—Antes que nada, para que me conozcas a la distancia y sepas con quién estás hablando, te informo que yo me metí el 15 de noviembre de 2018 en la habitación del presidente Pasos Narro cuando este empezaba a dormitar en un hotel en la Riviera Nayarita —sacó el financiero su primera ficha pesada de su juego—. Como no tienes por qué creerme, ahora mismo te voy a poner en el altavoz la conversación que sostuvimos sin que él se percatara que estaba siendo grabado. El pobre no se enteró sino hasta el final. Daba pena. Yo arriesgué mi vida para sorprender al presidente a solas, cuando faltaban

15 días para concluir su mandato con el ánimo de interrogarlo respecto a todo aquello que el pueblo de México hubiera deseado preguntarle, antes de quemarlo en leña verde, desde luego…

—¿Te metiste en la habitación de Pasos? ¿Y el Estado Mayor y los Guardias Presidenciales? ¿No serás novelista como yo, Alfonso? —cuestionó González Gálvez sin creer una palabra.

—Me encantó —añadió gustoso—, hacer las veces de pueblo por primera vez en mi vida… Te cuento que días atrás, cuando supe por indiscreciones y sobornos en dónde se alojaría el presidente, me hospedé en la misma suite presidencial en la que él pasaría la noche…

—¿Y entonces…? —repuso intrigado el periodista. Si todo era falso, ya tenía material para un nuevo pasaje literario.

—Había una gran puerta, en realidad, una ventana de dos hojas que daba al jardín del hotel, a la que le limé las bisagras para que se abriera al primer empujón.

—Caray…

—La noche de su llegada me subí a la azotea y me escondí en un tinaco. Después de la inspección de los guardias del Estado Mayor, salí del tinaco para saber si estaba encendida la luz de la suite. Al confirmar la presencia del presidente, y por temor a que estuviera acompañado por alguna dama a la que hubiera tenido que noquear de inmediato, esperé un rato, y al llegar el momento oportuno, me descolgué del techo y entré por la puerta con gran facilidad haciendo el menor ruido posible. Ya tenía ensayado el numerito. En ese momento, cuando Pasos Narro me descubrió, corrí a su cama y le puse un cuchillo en el cuello…

—Si es cierto lo que dices, hagamos una película…

—Te juro que es cierto y te lo puedo demostrar ahora mismo con la grabación. Solo te adelanto que, al sentirse indefenso, se cubrió con las sábanas hasta la garganta como si fuera una señorita que intentara ocultar sus senos. Le advertí, antes de que le sangrara el gañote, que, si apretaba un botón sin que yo me diera cuenta y entraban los Guardias Presidenciales, yo me iría a la cárcel después de una buena madriza, pero él se iría al infierno sin escalas, porque le cortaría la yugular de una charrascada. ¡Claro que se abstuvo de hacer la menor maniobra suicida!

—Bueno, bueno, bueno, amigo… ¿No te fumaste algo antes de hablar conmigo…? —preguntó Gerardo sonriente.

—Claro que no —soltó Madariaga la carcajada—. Todos los detalles los conocerás cuando vaya a México, pero por lo pronto escucha, por favor, momentos de nuestra charla que algún día pasará a ser parte de la historia de México. Fíjate bien. No está editada, es la original, créeme:

—*A ver, Ernestito, carajo, ¿no te dio vergüenza cuando fuiste a la Feria del Libro de Guadalajara y no pudiste contestar ni siquiera el título de un solo libro que te hubiera impresionado en tu vida?*
—*Es que me tomaron desprevenido.*

—¿Desprevenido? ¿Y a toda la bola de pendejos de tu séquito no se les ocurrió que en la Feria del Libro te podrían preguntar de eso, de libros? ¿Era muy difícil el pedo?

—Pues sí, a todos nos tomaron desprevenidos, usted disculpará…

—Bueno, ahora que ya no estás desprevenido, a ver, dame un título que no sea la puta Biblia, por favor, ni el directorio telefónico.

—Estoy muy nervioso ahora como para hablar de literatura.

—¿Qué tal, ya me vas creyendo, Gerardo? ¿Todavía crees que está editada la conversación? Aquí voy con más:

—Pero a ver, ¿no te dio vergüenza cuando te escondiste en el baño en la Universidad Iberoamericana? ¿Crees acaso que esa era la conducta propia de un futuro jefe de Estado?

—Es que los muchachos estaban enardecidos y podrían haberme lastimado en su terrible excitación.

—Ser presidente de México implica muchos riesgos que se deben correr con huevos, señor mío, pero se ve que el valor no está entre tus atributos. ¡Ay!, no te fueran a lastimar tu pielecita, hablas como si fueras un nenito. ¿Nunca te diste cuenta de que, si te hubieran madreado los jóvenes en el auditorio y hubieras salido de la universidad con la cabeza cubierta de sangre, la nariz y el hocico rotos, ellos se hubieran exhibido como salvajes *ante la opinión pública y tu capital político se hubiera disparado al infinito? ¿Te imaginas tu foto desgarradora en los periódicos y la gente pendeja diciendo, ay, pobrecito, concedámosle la Presidencia porque sufrió mucho? La regaste, hermano, la regaste grueso, perdiste una oportunidad dorada para impactar a la gente. Si te fijas, ahí tienes otra prueba más para demostrar que los mexicanos somos muy pendejos, porque dos hechos, ciertamente muy graves, eran motivos mucho más que suficientes para no haber votado por ti. ¡Ay, no te fueran a rasguñar tu carita!*

Gerardo no podía dar crédito a sus oídos. Roberta se quedaría helada al oír lo acontecido.

En ese instante, Madariaga suspendió momentáneamente la grabación.

—¿No es una maravilla? Esto nunca nadie lo ha oído. Solo tú…

—Eres una rata, Ernesto, confiésamelo ahora que nadie nos escucha ni nos ve…

—Yo siempre vi por el bien de la nación y jamás me quedé con un solo quinto del pueblo.

—¡Ay, mira, mira! ¡No mames, Ernestito, esa no te la cree nadie! Y tampoco te creen lo de la Casa Blanca ni lo del tren chino a Querétaro ni lo de Odebrecht, que hasta ahora has podido salvar con buena suerte, ni tus viejos socios de Higa, alegues lo que alegues, ni que no hayas tenido que ver nada con los gigantescos desfalcos de tus años como gobernador ni con los de tu gestión como presidente

ni con los indecentes peculados de tus secretarios de Estado, en quienes tanto confiabas. ¿Cuánta lana te dieron los gobernadores o los directores de empresas paraestatales? Ya, ya, dime, ni quien nos oiga, suéltala, ándale, no rajo, me cae...

—No, ni un quinto, el sueldo de presidente lo ahorré porque en el cargo nunca pagas nada, ni renta ni comida ni transportes ni medicinas ni médicos... ¿A qué hora quiere que gaste? ¿Quién me dejaría hacerlo?

—No digo que no gastes, sino ¿cuánto te clavaste?

—Nada, verdad de Dios, que todo lo sabe y me escucha...

—No metas a Dios en este rollo, por fa, ¿no?, si existiera ya te hubiera quemado las manitas. Dime, aquí, entre cuates, que te quedes sordo, ciego, cojo y mudo, al igual que tus seres queridos, si me estás diciendo mentiras, tú que crees en las pinches supersticiones, ¿cuánta lana tienes?

[...]

—No, no contestas, carajo. A ver, ahora que, según tú, Dios te está escuchando, ¿que te quedes sordo, ciego, cojo y mudo si me estás diciendo una mentira?

—Sí, que me quede sordo, ciego, cojo y mudo...

—Es igual, pero dime, ¿para qué quieres dos o tres mil millones de dólares, además robados a los pobres? Pero, en serio, ¿para qué quieres tanta pinche lana mal habida, que no se gastarán ni

cuarenta generaciones de Pasos Narro, lana que, además, gozarán tus yernitos? Nadie sabe para quién trabaja, o mejor dicho, para quién roba, ¿verdad? ¿Te imaginas cuando te peles al otro mundo y se lea tu testamento y todos sepan el tamaño de raterazo que eras? ¿Tú de verdad crees, así de veritas, veritas, que la gente no sabe que te protegiste a través de tu propio ministro de la Corte, tu ministro cuatachón, para que las denuncias de Corralejo de Chihuahua no te alcanzaran cuando te quitaras la banda? Eso no se llama miedo, Netito querido, se llama pánico, así tendrás de cochambrosa la conciencia, canijo. Imagínate el paquete que le hubieras heredado a Lugo si hubieras creado una auténtica fiscalía independiente, absolutamente autónoma, claro está, sobre la base de que no te hubieras clavado ni un quinto y hubieras sido un jefe de Estado honorable y querido por tu pueblo… Habrías obligado al gobierno de Lugo a caminar muy derechito porque cualquiera hubiera podido ir a dar al bote, ¿verdad?

—Sorpresas se lleva uno en la vida —repuso el periodista un tanto cuanto perturbado al reconocer con diáfana claridad la voz del ex presidente—. Caray, ni hablar, ya escucharé algún día toda la grabación. Alfonso, pero ¿en qué te puedo ser útil concretamente? —insistió a sabiendas de la existencia de asombrosos imitadores. Todavía necesitaba pruebas adicionales, pero eso sí, qué experiencia, nunca la olvidaría, más aún si resultaba cierta la entrevista.

—Ya otro día te contaré cómo logré salir, fue una chulada —comentó Madariaga exultante—. Lo que no te he dicho, querido Gerardo, es que el ex presidente se siente muy seguro en Madrid, disfrutando todo el dinero robado y pasándosela de lujo al lado de una hermosa mujer, mientras el país se deshace en pedazos gracias a que él traicionó a la nación pavimentándole el camino a Palacio Nacional a Lugo Olea, desde que inmovilizó el aparato electoral del PRI y destruyó con embustes la candidatura de Roberto Abad, el del azul —adujo antes de concluir con un argumento inesperado para el periodista—. En cualquier momento, debo decírtelo, tan pronto se reduzca la pandemia, porque ahora mismo en España te obligan a un encierro de 15 días en observación para saber si estás enfermo o no, pero tan pronto se supere esta situación, volaré a Madrid para entrevistarme con Pasos Narro. Lo voy a sorprender en el momento más inesperado y se va a quedar culiatornillado al oír mi voz, porque debes saber que cuando me introduje en la suite de su hotel iba yo con un pasamontañas de modo que no pudiera ver mi rostro. El solo escuchar mi voz lo va a aterrar. No te puedo adelantar ni lo que le voy a decir ni lo que voy a hacer. Ninguna de las dos cosas, pero te aseguro que jamás va a olvidar ese histórico encuentro.

—Caray, me dejas intrigado. Eres de una audacia ejemplar, ya me contarás, pero por lo pronto dime para qué soy bueno —agregó de nueva cuenta, a sabiendas de que conversaba con un peso pesado.

—Bueno, bien, vayamos al grano, amigo, cambiémonos de país y de tema —sentenció el sorprendente intruso al dar un viraje radical a la conversación, muy a su estilo—. Te invito a pensar tan solo por un segundo —sugirió el financiero mexicano— que el coronavirus haya sido creado intencionalmente por los chinos a modo de respuesta al presidente Trump por la terrible guerra comercial que le declaró a China, con terribles consecuencias para su economía. ¿Qué tal?

González Gálvez se acomodó en la silla de su escritorio, mientras escuchaba los argumentos de Madariaga, al tiempo que clavaba la mirada en la fotografía de Roberta tomada cuando se conocieron en Colombia. Con gran atención oiría el resto de la conversación.

—Por otro lado, existe una teoría, no comprobada, pero muy viable, de que el virus fue creado en los laboratorios de bioinformática del instituto Pirbright en 2014. Que los inventores o científicos que patentaron el virus son Erica Bickerton, Sarah Keep, Paul Britton. Que existe un registro de la propiedad y descubrimiento o invención del virus en la oficina de patentes de Estados Unidos con el número US10130701B2. Que esta empresa es miembro del Consejo de investigación de biotecnología y ciencias biológicas del Reino Unido. Que la verdadera intención de estas empresas es generar bioterrorismo con la invención y mutaciones de virus que introducen en el ambiente y prueban en animales y humanos. Que la mejor manera de probar los virus es en poblaciones con alta densidad demográfica, como lo están haciendo ahora en China. Que estos mismos virus han sido esparcidos intencionalmente en ocasiones anteriores, como en 2002, el ZH; en 2004, el SARS; en 2005, la gripe aviar; en 2009, la gripe porcina; en 2014, el ébola; en 2016, el ZIKA y ahora, en 2020, el coronavirus. Cada uno de los virus mencionados tiene su registro en la oficina de patentes de los Estados Unidos.

Silencio.

—¿Estás ahí, Gerardo...?

—Sí, continúa —agregó perplejo. ¿Pero qué es esto?, pensó en su interior. ¿De dónde saldría este chiflado? ¿O sea que Estados Unidos sembró la pandemia en China...?

—Cualquiera, escúchame, puede hacer una investigación como yo la hice. La información está al alcance de todos. Ante tantas contradicciones, decidí no creerle a la prensa. Por ejemplo, se argumenta que Johnson & Johnson, ese monstruo de compañía farmacéutica, va por el mundo reuniendo fondos para desarrollar una vacuna contra el coronavirus, cuando esa misma empresa lo está esparciendo. No les importa sacrificar vidas humanas con tal de enriquecerse aún más. No tienen madre, ¿verdad?

"En Nueva York —continuó Madariaga—, el 18 de octubre de 2019 se llevó a cabo el Evento 201, un ejercicio de simulación pandémica del coronavirus, organizado por el Centro Johns Hopkins para la Seguridad de la Salud en asociación con el Foro Económico Mundial y la Fundación Bill &

Melinda Gates, ¿está claro, amigo?, solo que esta poderosa reunión tuvo lugar aproximadamente seis semanas antes de que el primer caso de coronavirus fuera reportado en Wuhan, China. ¿Se estaban preparando para amasar fortunas adicionales a costa de la salud de miles de millones de personas?

—¿El dueño de Microsoft?

—Ese mismo, el dueño de Microsoft. ¿Crees en las coincidencias? ¿Verdad que nada les parece suficiente? ¿Enfermar a la gente para ganar dinero? Una ruindad…

Gerardo González Gálvez escuchaba sorprendido la narración. ¿Hasta qué punto podía confiar y creer en el dicho de un hombre que nunca había visto en su vida? Sin embargo, lo invitó a continuar con su exposición porque, sin duda alguna, para bien o para mal, se trataba de una nota periodística importante. Habría que purgarla de embustes antes de publicarla. En ese momento dejó que su interlocutor continuara con su explicación.

—Solo que no has oído todo, querido amigo. A ver quién es capaz de desentrañar la verdad. Aquí voy con otra acusación que desmiente a la anterior: el COVID-19 se originó en el laboratorio del Instituto de Virología de Wuhan como parte de un programa de investigación viral chino. No, no se trataba de un murciélago comido en un "mercado húmedo" de animales de Wuhan, no. El "paciente cero" trabajó en el laboratorio, luego ingresó a la población de Wuhan, donde comenzó el brote, según un nuevo reporte explosivo del periodista de investigación Bret Baier y de investigaciones anteriores del *Washington Post*. Al respecto, te informo que en el mercado húmedo de Wuhan, inicialmente identificado como un posible punto de origen, nunca se han vendido murciélagos. Culpar al mercado húmedo fue un esfuerzo del régimen chino para desviar la culpa del laboratorio, junto con los esfuerzos de propaganda dirigidos a los Estados Unidos e Italia.

Madariaga disparaba dardos envenenados, uno tras otro:

—¿Es de creer que Xi Jinping habrá autorizado la expansión del virus como represalia ante la guerra arancelaria declarada por Trump? ¿Sabes que, al desplomarse las bolsas de Europa, Estados Unidos y Asia, los chinos compraron muy baratas las acciones de sus propias empresas, además de hacerse de múltiples títulos de compañías del mundo entero y cuando ceda la pandemia y se recupere la economía, los chinos serán dueños de lo que puedas imaginarte? Jaque mate a Occidente… Serán los nuevos amos, sobre todo porque se quedarán con montañas de dinero, enormes arsenales de bombas atómicas, de hidrógeno y del armamento secreto que se te dé la gana, además de un ejército compuesto por millones de soldados. Son invencibles. ¿Quién es el ganador, querido periodista? En China, al día de hoy, 22 de mayo, han muerto casi 5 mil personas por el coronavirus, en tanto Inglaterra registra 35 mil, Italia, 32 mil, Estados Unidos, más de 90 mil y México, 6 mil 989, a estos últimos que se los vayan a contar a la más vieja de su casa, son unos pinches mentirosos. Pero bueno —continuó lanza en ristre—, en Pekín, ni uno solo, con todo y sus 22 millones de habitantes y eso que en toda China son mil 400 millones. Horror, ¿verdad? —reiteró Madariaga que dejaba caer ideas como una abundante catarata.

El régimen comunista chino —continuó Madariaga ante el silencio de su interlocutor— suprimió y modificó datos, destruyó muestras, borró informes preliminares, escondió artículos académicos y restringió áreas contaminadas para ocultar evidencia de la transmisión accidental del virus, algo parecido a lo que hace México en su creciente dictadura. Los médicos y periodistas que advirtieron sobre la propagación del virus y su naturaleza contagiosa y transmisión de persona a persona fueron "desaparecidos" en China. Aunque el gobierno chino cerró rápidamente los viajes nacionales desde Wuhan al resto del país, no cancelaron, sospechosamente, los vuelos internacionales desde ese foco de infección, lo que permitió el envío del virus a otros países, como Estados Unidos y, claro está, Trump se sumó a los contagios con sus políticas suicidas, parecidas a las del pendejelagarto...

—Bienvenido al club —repuso Gerardo gustoso.

—¿Sabías todo lo que te digo? Amo tu profesión, Gerardo, eso de investigar y denunciar es lo mío. En mi otra vida seré periodista. Según el *Washington Post* —concluyó ufano—, este puede ser "el encubrimiento gubernamental más grande y costoso de todos los tiempos..." ¿Por qué cierto personal médico local fue silenciado y castigado? ¿Por qué la Organización Mundial de la Salud (OMS) y su director general, Tedros Adhanom, ayudó a China a cubrir sus huellas desde el principio? Increíble, ¿no…?

—Pues sí, mientras nosotros estamos concentrados en acabar con las locuras de AMLO, más allá de nuestras fronteras se desarrollan peligros con consecuencias inimaginables —comentó Gerardo sin salir de su asombro. ¡Qué manera de tener información!

—Pero te digo más, mucho más —agregó engolosinado el financiero—. Se dice que el mismo Tedros, biólogo etíope, un consumado marxista, amigo de China, de turbio pasado, acusado de ocultar las epidemias de cólera y conocido en las redes sociales como "genocida", "responsable de crímenes contra la humanidad" y "corrupto", retrasó la alerta mundial, de acuerdo con el gigante asiático, y podría ser cómplice de ocultación de la pandemia del virus de Wuhan. En Ginebra, en mayo del 2017, cuando era candidato a dirigir la OMS, los disidentes portaban lemas como "los que matan no curan". O sea, un bichito, estimado amigo, que provocó, según Human Rights Watch, centenares de muertes en su país por no haber informado de tres epidemias de cólera cuando fue ministro de Sanidad. Solo te digo para concluir que, según el *Washington Post*, el mismo Tedros, cuando resultó incontrolable la diarrea acuosa en Etiopía y él estaba al frente de la cartera de Exteriores, detuvo y censuró a decenas de periodistas extranjeros, entre ellos, corresponsales de *Bloomberg* y *The New York Times*. Te repito, una fichita a la que hoy, por el coronavirus, se le podría acusar de la muerte de centenas de miles de personas.

Por supuesto que era muy sencillo comprobar por medio de Google el caudal de información administrada por Tedros, aun así Gerardo apuntó ciertos datos y nombres en una hoja de papel reciclada. Sin poder terminar la anotación, Madariaga volvió a apretar el gatillo:

—¿Por qué crees que el 14 de enero de 2020, la OMS aseguraba que, según las autoridades chinas, el virus neumónico reportado dos semanas antes no se transmitía entre humanos? La OMS no advirtió oportunamente a la comunidad internacional, pero de haber informado a tiempo a Estados Unidos, como todo parece indicarlo, el propio presidente, en su irresponsabilidad sanitaria, lo hubiera negado para poder culpar a la OMS de los daños y de las muertes para limpiarse así de culpas. A Trump le interesaba ocultarlo y acusar a la OMS para así evadir su responsabilidad. ¿Te va quedando clara la razón por la que Trump canceló las aportaciones por 450 millones de dólares de Estados Unidos a la Organización Mundial de la Salud, mientras que China cooperaba con casi 44 millones? Por esa razón, Pompeo, secretario de Estado, dice públicamente contar con evidencias abrumadoras, eso sí, aún no reveladas, en el sentido de que el virus se filtró del Wuhan Institute of Virology, pero el director de inteligencia nacional de su propio país desacreditó esa teoría. ¡Ah, bárbaros!

—Pues sí, eso me encanta de los gringos, se contradicen aunque se trate del propio presidente, a él también lo refutan y le renuncian si no están de acuerdo con él.

—Así es —repuso la voz sin la menor pasión—. La verdad es que, en esta etapa, nadie sabe si el virus proviene del laboratorio de Wuhan, si bien al salir la administración de Obama del poder anunció puntualmente a Trump, ya antes de su toma de posesión, acerca de "la peor pandemia de gripe desde 1918" y el nuevo presidente ignoró todas las advertencias una vez instalado en el Despacho Oval. Obama cuenta con todas las pruebas para que las presente Joe Biden en el momento más adecuado y cuando más daño pueda causarle al pelado ese que vive en la Casa Blanca. Se lo hicieron saber a Trump y ahora se encuentra desesperado por la economía y la pandemia y da de patadas para todos lados aquí en Estados Unidos —y agregó—, acuérdate de un principio electoral fundamental: a más caída del PIB, más caída de la popularidad de los candidatos presidenciales.

—China, según veo —interrumpió Martinillo—, tiene muchos cargos severos que responder, pero Trump, un mentiroso igual que AMLO, volverá a mentir con tal de ser exonerado de las decenas de miles de muertes, del desempleo y del desplome del PIB que atentan contra sus planes políticos. Trump siempre ha mentido sin pagar costo alguno, miente y volverá a mentir como lo hizo George Bush cuando afirmó la existencia de armas químicas de destrucción masiva en Irak, con tal de invadir ese país, matar a Sadam Hussein y disparar sus índices de popularidad para ser reelecto. La verdad sea dicha, le funcionaron sus embustes...

—Tienes razón —repuso el interlocutor del norte—, coinciden dos locos, AMLO y Trump, en el poder al mismo tiempo.

—Momento, momento —interceptó Martinillo—, tú perdonarás, pero siempre he sostenido que desde que se inventaron los locos, se acabaron los hijos de la chingada; hoy a los locos se les disculpa cualquier decisión maldita, solo porque se les cree locos, una razón verdaderamente estúpida.

Las carcajadas de Madariaga se escucharon de Midtown Manhattan hasta Long Island. ¡Cómo disfrutaba el sentido del humor mexicano!

—Seremos amigos para siempre, como dice la canción, Gerardo, pero no quisiera concluir esta conversación sin incluir a otro jugador en la crisis del coronavirus —acotó Madariaga—, entre otros casos e hipótesis, consecuencia de los intereses creados que nos impiden conocer la verdad. Te cuento: en Francia, Luc Montagnier, científico francés ganador del Premio Nobel, no un cualquiera, se sumó con sus conocimientos a la controversia cuando afirmó ante la prensa que el virus SARS-CoV-2 proviene de un laboratorio y es el resultado de un intento de fabricar una vacuna contra el virus del SIDA. ¿Qué tal, querido Gerardo? Ahora el SIDA... ¿Dónde quedó la bolita?

González Gálvez estaba atónito. Quienquiera que fuera el tal Madariaga, ya lo conocería, era un personaje apasionado y había hecho bien la tarea al contar con esa información cruzada. Si bien ya había escuchado varias de estas teorías, nadie le había presentado un resumen tan completo.

—Entonces te pregunto —cuestionó Martinillo—, en lo personal, ¿piensas que se trata de un descuido imperdonable de los chinos, realmente es un bicho proveniente de los mercados húmedos o lo crearon en las organizaciones en las que participa Bill Gates? ¿O el virus apareció tarde al tratar de producir una vacuna para combatir el SIDA? ¿A quién creerle?

—Pues como te dije, querido amigo, hasta este momento es imposible conocer a los culpables por comisión o por omisión. Lo que sí te digo es que si se llegara a demostrar que los chinos inventaron intencionalmente el virus para contraatacar a Trump por sus políticas arancelarias que tanto lastimaron su economía, entonces, desde luego que no se trataría de que ahora Estados Unidos inventara a su vez una bacteria o un virus para expandirlo con gran letalidad en China, porque en ese evento estaríamos frente a una guerra bacteriológica de dimensiones planetarias, en la que ya no habría vencedores. Si se demuestra que los chinos son los culpables, entonces el mundo entero tendrá que abstenerse de comprar un solo producto proveniente de China, bloquear sus manufacturas directas o indirectas para convertir en astillas al gigante asiático. La guerra bacteriológica sería lo peor que le podría pasar a la humanidad, mejor, mucho mejor, la comercial, más civilizada, antes de que los chinos se apropien del mundo entero.

—Einstein llegó a declarar —contestó un Gerardo pensativo— que la Tercera Guerra Mundial se llevaría a cabo a pedradas. Nunca nadie imaginó el giro radical y violento que veríamos en esta generación y que podría llegar a ser verdaderamente atroz. El otro día escuché, en voz de un amigo católico, lo siguiente: "si Dios no existe, todo está permitido". Yo no creo en Dios ni en ninguna inteligencia superior a la humana, pero todo parece indicar que, como siempre, las ambiciones políticas y el acaparamiento de capitales volverán a crear un conflicto mundial que escapa a nuestra imaginación.

—Comparto tu concepción pesimista del futuro, querido amigo —acotó Madariaga—. Solo espero que las diferencias económicas y financieras que siempre han existido en el mundo, el acaparamiento de poder político y de capitales que tú señalas no se dirima con proyectiles nucleares ni tampoco con la siembra de gérmenes patógenos ni de bacterias ni de virus, sino que si va a darse una nueva guerra, esta se lleve a cabo con bloqueos económicos, aislamientos mercantiles, cancelación de permisos para viajar y hacer negocios con los países del caso, pero nunca otra vez por medio de la violencia, como quiera que esta se manifieste. Solo el tiempo dirá cuál es el origen del coronavirus, cuáles consecuencias enfrentará la humanidad si es que existe algún culpable o todo se debió a un error, terrible error, por cierto.

—Que así sea, amén —concluyó Martinillo con el entrecejo fruncido al escuchar varias veces la palabra guerra en una gran conversación.

—Espero ir un buen día a México y contarte de los sicarios económicos que hacen préstamos cuantiosos a países con grandes recursos naturales y mano de obra barata, a sabiendas de que jamás podrán pagar los créditos, tanto por corrupción como por ineficiencia, y así se apropiarán de esas naciones para administrarlas a su antojo, es decir, saquearlas y una vez consumidas sus riquezas, arrojarlas como una colilla de cigarro a la basura. Mientras más conozco al ser humano, más quiero a mi perro Sambuca, como el licor italiano —concluyó al subir los zapatos sobre el escritorio de su oficina de Manhattan—. Si no has oído de los luciferinos que de alguna u otra forma han controlado el planeta, prepárate, tampoco es de creerse. Ya sé, pensarás que estoy loco, pero no, solo soy futurista…

—Nada me gustaría más que invitarte en México unos buenos tragos de tequila. Esta charla, por lo pronto, la dejaremos en punto y coma, como decimos los escritores… Tomo debida nota y voy a investigar todo lo conversado. Te agradezco mucho tu comunicación. En otra ocasión hablaremos de la política mexicana y del destino negro de este país, nuestro país. Según me has hecho saber, también eres mexicano.

—Sí, claro, mexicano hasta las cachas, pero vivo más tiempo en Estados Unidos que en la patria. Cuenta conmigo —agregó con un aire de misterio—. Voy a necesitar tu confianza por los planes que tengo para México y sus políticos. No te lo vas a poder creer. Ante la falta de autoridad, voy a aplicar la justicia, pero muy a la mexicana, tú verás.

—¿Cómo es la justicia a la mexicana?

—No te puedo dar detalles ahora —repuso con gran severidad y hermetismo—, pero será a chingadazo limpio, limpísimo: los mexicanos somos hijos de la mala vida y solo entendemos por las malas. Ya te contaré mis planes respecto a los políticos corruptos…

—Me dejas lleno de curiosidad…

—Ya te la quitaré, te va a encantar. Por lo pronto te adelanto un dato para que veas cómo se las gastan aquí, en Estados Unidos. Por favor investiga a los Boogaloo, un movimiento que pretende detonar una nueva guerra civil en contra de los opositores políticos liberales y de la policía. Son algo así como supremacistas. Los del Ku Klux Klan son unos lactantes al lado de estos criminales —adujo con el ánimo de concluir la conversación porque le acababan de informar del disparo del precio de las acciones de Amazon y de Netflix, en Wall Street—. No sé a dónde va a ir a dar el mundo —terminó despidiéndose—, ya lo conversaremos. Tan pronto mis asuntos y la reanudación de vuelos me permitan viajar, iré a visitarte a México.

—¿No irás antes a Madrid a hablar con Pasos Narro para darle otro sustito? ¿Te meterás otra vez en su cuarto con todo y novia nueva?

—No, primero iré a México a hablar contigo, porque tú y yo cojeamos del mismo pie, no en balde te leo a diario. Necesito a alguien confiable para compartir mis planes. Te mando un abrazo a la mexicana, con la esperanza de verte pronto. Adiós, Martinillo. Ya cámbiate de apodo, carajo…

Gerardo concluyó sonriente:

—Te espero con gran ilusión.

Tercera parte

Nadie va bien en un sistema político en el que las palabras se contradicen a los hechos.

NAPOLEÓN BONAPARTE

El socialismo fracasa cuando se les acaba el dinero… de los demás.

MARGARET THATCHER

La política es el paraíso de los charlatanes.

GEORGE BERNARD SHAW

La política práctica consiste en no hacer caso de los hechos.

HENRY BROOKS ADAMS

Mariano Everhard se encontraba en acuerdo en Palacio Nacional, sentado frente al escritorio de Antonio M. Lugo Olea, presidente de la República, cuando un ayudante entró apresuradamente al primer despacho de México para poner en manos del canciller un sobre enviado de su oficina con carácter urgente. ¿Qué podría ser tan importante como para interrumpir la conversación con el jefe del Estado Mexicano cuando existían instrucciones precisas de no hacerlo, salvo que se tratara de un asunto impostergable de gran trascendencia? El diplomático externaba, en esos momentos, sus puntos de vista sobre la política laboral de la 4T, un tema ajeno a su competencia; sin embargo, el jefe de la nación, ante la patética ineficacia del gabinete, lo presionaba una y otra vez para opinar en torno a los distintos asuntos públicos, así como de los políticos, sociales, ecológicos, hacendarios, culturales, periodísticos y de la más distinta naturaleza, con el ánimo de contar con una opinión distinta a la de sus colaboradores de diversas jerarquías.

Al concluir precipitadamente la lectura, Everhard le extendió la nota al presidente para que la leyera con sus propios ojos, una vez traducida al castellano:

Donald Trump, presidente de los Estados Unidos, tiene el honor de invitar a su homólogo mexicano, señor presidente don Antonio M. Lugo Olea, a una visita de trabajo en la Casa Blanca, el día jueves 11 de junio, a las 12 horas. Al no tratarse de una visita de Estado, el señor Lugo Olea será alojado en el mejor hotel de Washington, lo más cerca posible a la Casa Blanca. Los detalles del protocolo serán discutidos por ambas delegaciones según las reglas establecidas por los respectivos protocolos.

Lugo Olea palideció al instante, como si toda la sangre del rostro se hubiera precipitado de golpe en dirección a sus pies. En un arrebato, a pesar de su conocido dolor en las lumbares, se levantó de un impulso del sillón supuestamente utilizado por Juárez, después de la Guerra de Reforma, y empezó a caminar alrededor de la estancia en busca de sosiego. En ese momento, por supuesto, en nada se parecía AMLO al Benemérito de las Américas cuando le informaron de la llegada de la marina francesa al puerto de Veracruz, meses antes de la histórica batalla de Puebla.

—Pero si yo no quería ir, Mariano. Había prometido al pueblo y al santísimo que no saldría de México y menos a los Estados Unidos, la capital imperialista del mundo. Ve nada más lo que nos han hecho los gringos a lo largo de nuestra historia y ahora todavía tengo que ir a besarle, digamos que las manos, al amo del mundo. Acuérdate: la mejor política exterior es la interior…

—¿Sabes cuántos mandatarios quisieran estar en tu lugar en este momento? Casi te diría que todos —se contestó el propio canciller girando sobre la silla para ver dónde se encontraba el presidente y qué hacía—. No podemos quedarnos anclados en el pasado como ciudadanos ni como sociedad. Superemos los traumas históricos o no evolucionaremos jamás; además, no le vas a besar nada a Trump. Eso te lo garantizo —concluyó con una sonrisa sarcástica.

Al saberse observado, Lugo Olea trató de recomponer la dignidad perdida:

—De que es una oportunidad, sin duda lo es, imposible negarlo; sin embargo, estoy faltando a mis principios —alegó para justificar su posición y tratar de ocultar sus complejos—, porque a las asambleas y reuniones internacionales —se descaró con el canciller— asisten fifís y pirrurris ultra mamones que insultan con sus condecoraciones, bandas de diferentes colores cruzadas por el pecho, hablan mil idiomas, tienen doctorados académicos de las universidades más popoff del mundo. Muchos usan todavía monóculo y hacen lo posible, y también lo imposible, por hacerte sentir un pinche piojo después de revisarte de arriba a abajo con la mirada cargada de desprecio. Pobre de ti si te presentas con los zapatos sin bolear o con la uña sucia del meñique, no te la acabas... A ver, explícales a esos perfumaditos de quinta que yo soy hombre del pueblo y que me chocan los lujos y mamadas de esas... Ya me imagino llegar al coctelito servido con champaña, meseros de película y vinos a saber de dónde carajos. Puros nombres raros impronunciables. No, no es lo mío, no… ¿Cómo me van a ver siquiera antes de hablar…?

—En primer lugar, Toño —aclaró Everhard sin sonreír. Trataba de evitar sonrisitas, burlas y comentarios sarcásticos, ante las debilidades de su jefe—, así no son las asambleas, ni la de la Organización Mundial de Comercio ni la del G20 ni las del Fondo Monetario Internacional ni mucho menos la de la Organización de Estados Americanos; en segundo lugar, iremos a una reunión privada en la Casa Blanca, a puerta cerrada con el presidente Trump, quien tal vez nos ofrecerá una cena a un grupo muy reducido. No te preocupes, en estas visitas de trabajo no hay ostentaciones de ninguna naturaleza.

—No, tú, ¿crees que no vi el discurso del presidente Díaz Ordaz en el Capitolio, en el Congreso de los Estados Unidos?

—Otra vez. En primer lugar, Díaz Ordaz rindió su discurso en castellano, no en inglés; y en segundo lugar, él fue invitado a una visita de Estado, no de trabajo, como es nuestro caso. Insisto, no te preocupes: entraremos solos a ver a Trump. Tal vez la comitiva mexicana se saque una foto con él, pero luego, nuestro equipo tendrá reuniones con sus contrapartes en el gobierno de Estados Unidos. Tranquilo, Antonio, tranquilo. No pasa nada.

Lugo Olea no dejaba de caminar sobre el tapete persa del despacho presidencial con los dedos de las manos entrelazados en la espalda y la cabeza gacha, con la mirada clavada en el piso. Parecía mucho más preocupado por su aspecto, por el ridículo en el que podía caer, por la exhibición de algún defecto suyo, antes que por el resultado de la entrevista y, por ende, por el país.

—¿Y qué tal que al final de la reunión en el Despacho Oval, me jala del brazo hacia los jardines de la Casa Blanca, en donde segurito habrá una auténtica jauría de periodistas y reporteros que se me van a tirar a mordidas a la yugular con preguntas verdaderamente cabronas que no voy a poder contestar? No pierdas de vista que la inmensa mayoría de quienes asisten a las mañaneras, acepto que existe uno que otro colado, son una bola de pendejos requetebién maiciados y quien se vaya por la libre y me interrogue con algún tema ajeno a lo acordado el día anterior no volverá a comer caliente en muchos años. Pero los de la prensa gringa han sacado de sus casillas hasta al propio *Trum*, solo pa' que te des un toque, ¿eh…?

—Bueno, las conferencias de prensa en los jardines de la Casa Blanca sí se llevan a cabo durante las visitas de trabajo, y sí, sí hay sesión de preguntas y respuestas, pero ahí tendrás que mostrar tu talento para salvar la fachada. Te enfrentarás a los periodistas norteamericanos, pero todavía podríamos solicitar la cancelación de ese encuentro con los medios. Déjame ver.

El presidente detuvo de pronto su marcha compulsiva y dejó de dar vueltas en su despacho. Entornó la mirada y con el dedo índice apuntó a la cabeza del canciller:

—Y ya que te lo sabes todo, ¿por qué no vas tú a la pinche visita de trabajo? Yo todavía podría alegar a última hora que me van a operar de la espalda, tal y como se disculpó el Alto Vacío, el pendejazo del presidente Valeriano Ford con Bush. ¿Cómo ves? ¿Juega?

—No, no. Nos veríamos fatal porque Trump quiere verte a ti, y si pretextamos una intervención quirúrgica, bien podrían volver a programar la invitación para cuando estuvieras bien y entonces ya no habrá manera de eludirnos. Trump no se está chupando el dedo, Toño. Ni modo, haz de tripas corazón, anímate y tomemos al toro por los cuernos, pero antes estudiemos y preparémonos para los escenarios impensables.

—¿Y cómo nos vamos a preparar si aquel es un loco que puede disparar pa' todos lados y preguntarnos a quemarropa lo que se le dé la gana?

—No, bueno, Toño, no es así. Antes de viajar a Washington, según el protocolo, el Departamento de Estado nos va a mandar las preguntas que te va a hacer Trump durante la visita en el Despacho Oval y nosotros, a nuestra vez, enviaremos las que le haremos a él. ¿Está claro? En estas entrevistas ya todo está planchado y nadie se sale del cartabón establecido.

—O sea, ¿me estás diciendo que existe alguien sobre la faz de la tierra que puede controlar al pinche güerito? ¿Eso crees? —cuestionó poniendo los brazos en jarra—. Te puedo asegurar que él nos mandará las preguntas protocolarias que tú desees, pero a la hora de la hora me va a cuestionar de lo que él quiera, como él quiera y en el momento que él quiera. ¿Quién se le pone enfrente a *Trum*? Por

Dios, Mariano, ¡por Dios, carajo! Un sujeto incontrolable que dispara patadas para todos lados sin importar a quién le da o no le da. Imagínate que llega a preguntarme, como tú bien decías, por qué demonios fui al cumpleaños del "Chapito"… A ver, éntrale con el capote a ese torito… Bueno, pero supongamos que *Trum*, por esta vez, solo por esta vez, se somete a la agenda y decide no cuestionarme, una realidad impensable, pero te la concedo a regañadientes, ¡va!, de acuerdo, pero ¿quién te dice cuántos otros funcionarios gringos podrían estar en el Despacho Oval y acuchillarme sobre la base de que entre ellos se hayan repartido las preguntas distribuidas por el propio presidente para que él quede como una carmelita descalza, inocente y tierna, incapaz de lastimarme, mientras lanza a las fieras a descuartizarme en su presencia?

—Todo puede suceder —sentenció Everhard adusto a sabiendas de los riesgos que corrían. Podría asistir Pompeo, el secretario de Estado, el National Security Adviser, el Chief of Staff, el jefe de Relaciones Exteriores de la Casa Blanca, el United States Attorney General, el procurador que ya vino a México un par de veces, nuestro amigo William Barr, tal vez asistan los directores de la DEA y del FBI y, por supuesto, el secretario de Comercio, por lo del T-MEC, en realidad, la razón de la visita.

—¿Que qué…? ¿Y tú crees que esos cabrones se van a quedar calladitos, o van a desenfundar sus cuchillos para rebanarme el mondongo?

—Harán lo que ordene Trump. Solo él podrá controlarlos y conducir la reunión. No olvides que estaremos en su casa, ellos son los anfitriones. El protocolo establece, te lo repito, que el Departamento de Estado nos mandará previamente las preguntas que te va a hacer Trump, de modo que no haya sorpresas en un contexto de cortesía diplomática. Nosotros tendremos que hacer lo propio y cuestionarlos en torno a los problemas relativos a la buena convivencia bilateral en beneficio de ambos países, ¿okey?.

—No, hombre, no. Se van a saltar las trancas a la torera, lo verás…

—Pues preparémonos para lo peor. Hagamos todos los días diversos ejercicios, en diferentes escenarios, con el objetivo de reducir los márgenes de peligro y controlar la reunión lo más posible —concluyó el canciller.

Los miedos del presidente resultaban impropios y sorprendentes en un jefe de Estado, en principio, dispuesto a luchar con todo y por todo, con coraje, determinación e información a cambio del bienestar de su país, solo que, de entrada, Lugo Olea ya se mostraba disminuido y vencido de antemano. Parecía que sobre su pobre osamenta hubieran caído de golpe el peso brutal de la Conquista de México, los 300 años de sometimiento de los indígenas a la Inquisición, el inolvidable trauma de la invasión norteamericana que mutiló la mitad del territorio nacional y la intervención francesa, entre otros eventos de terrible impotencia sufridos por la nación mexicana a manos de los extranjeros. ¿De ahí surgía el odio o temor a lo foráneo? AMLO, en el fondo de su ser, continuaba con las heridas abiertas de nuestra historia y de la suya propia. Todavía percibía la sangre sobre su piel sin haber avanzado en el proceso de cicatrización y de olvido. Supuraba resentimiento y rencor. Trump era un tigre sangriento que se había desarrollado en el interior de la selva de Wall Street, donde para poder sobrevivir debía perder todo escrúpulo y el menor sentido de la piedad con tal de ganar un níquel más. El presidente mexicano, atenazado por los complejos, se enfrentaría a un monstruo de vanidad acostumbrado a vencer y a imponer su ley echando mano de cualquier recurso para intimidar, acosar y amenazar para acorralar y dominar a sus adversarios. Husmeaba el miedo en sus interlocutores y se empleaba a fondo para aplastarlos y salirse siempre con la suya. Había desarrollado una sofisticada escuela histriónica para manipular a su antojo a sus contrincantes.

Al igual que los estrategas militares estudian al enemigo antes del combate, Lugo tendría que haber estudiado a su par en la Casa Blanca pero, en lugar de analizarlo, se dejaba llevar por los prejuicios que lo conducirían a la rendición sin condiciones.

O sea, ¿el presidente Lugo Olea se presentará en Washington con el pecho descubierto, la cabeza gacha, el ánimo decaído por el reciente regaño de su padre, temeroso, sudoroso, angustiado, paralizado por los sentimientos de culpa, incapaz de levantar la voz para defender su causa, la de México? Por su mente pasaban imágenes y recuerdos que lo hundían como un clavo a martillazos.

Sabe que Donald Trump parece haber salido de una película de Batman, que disfruta eclipsar con la voz y la mímica los argumentos racionales de sus contrapartes. Imposible olvidar el inmenso placer que le produce denigrar a sus competidores en la búsqueda de recompensas, como cuando ganó uno de los debates al escupirle a Hillary Clinton a la cara: "Hillary, deberías estar en la cárcel". Trump es un narcisista, ávido de admiración, empeñado en ostentar su riqueza y su poder. Es un excelente manipulador, maestro a la hora de medrar, de asustar a sus interlocutores, de intimidarlos. Es autoritario, misógino, prepotente, arrogante, intolerante, agresivo y fanático. Además, reacciona a través de prontos, en el entendido de que no actúa ni finge cuando padece ataques de furia y se deleita al saber cómo domina socialmente y es adorado por los demás. ¿Que no era un hombre fácil de abordar ni sencillo de controlar? Esa es una realidad, pero un político astuto tiene que buscar un punto flaco y explotarlo.

Lugo Olea clavó la mirada dudosa en el rostro de su canciller. Por el momento no sabía si volver a su escritorio, jalar el cajón superior del lado derecho y extraer una hoja de papel con un breve texto redactado con su puño y letra. Si ya iba a viajar a Washington con Mariano Everhard, necesitaba forzosamente confiar en él, en su asesoría y en su consejo, en una coyuntura tan delicada. Sin meditarlo más, fue en busca de la cuartilla y la puso en sus manos.

Que no se me olvide reclamarle esto al pinche trompudo para partirle toda su madre:

- *"No quiero nada con México más que construir un muro iNpenetrable y que dejen de estafar a Estados Unidos."*
- *"Tenemos que sacar a los 'bad hombres'."*
- *"Amo a los mexicanos, pero México no es nuestro amigo."*
- *"México no se aprovechará más de nosotros. El más grande constructor del mundo soy yo y les voy a construir el muro más grande que jamás hayan visto. ¿Y adivinen quién lo va a pagar?: México."*
- *"Cuando México nos manda gente, nos trae drogas, crimen, violadores..."*
- *"Los mayores proveedores de eroína, cocaína y otras drogas ilísitas son los cárteles mexicanos, que contratan inmigrantes mexicanos para que crucen la frontera traficando droga."*
- *"Los inmigrantes son animales, violadores. Ellos nos roban los empleos, se quedan con el dinero y nosotros con los asesinos, la droga y el crimen."*

Everhard prefirió no seguir leyendo. Era inútil.

—Tarde o temprano tendrás que enfrentarte a Trump —advirtió afirmando con la cabeza, sin referirse, claro está, a las faltas de ortografía.

—No me voy a enganchar, ya lo sabes, si lo que quiere *Trum* es que lo haga, es exactamente lo que no voy a hacer, entrar a una guerra de declaraciones.

—Ya sabrás, Toño, me preocupa que tu abstencionismo, si quieres entendible desde el punto de vista político, pueda tener otra lectura con la gente.

—¿Cuál?

—Que te dejas mangonear por Trump y que eso de engancharte no pasa de ser un mero pretexto que muy pronto ya nadie se va a tragar. A un año y medio de estar en el poder, Toño, no le has contestado un solo tuit a Trump ni has hecho una sola declaración en defensa de México.

—Yo respeto a *Trum* y sus opiniones. Si él me provoca, yo no voy a seguirle el jueguito ni a comprarme pleitos ni a agarrarme en una guerra de tuitazos con el hombre más poderoso del mundo. A los olvidadizos de siempre debemos recordarles que, durante mi precampaña electoral en Estados Unidos, lo acusé a él y a sus asesores de calificar a los mexicanos como Hitler y los nazis se referían a los judíos y de apoyar el odio que es neofascista. Les dije, acuérdate, que la migración de mexicanos ha sido parte fundamental de la fuerza laboral que impulsa a nuestro vecino del norte. Y que no es justo el racismo ni la "hispanofobia" en Estados Unidos. Para quien lo dude, ahí está mi libro, *Oye, Trump*.

Everhard, cuidando su carrera política hacia la presidencia y huyendo de las cuerdas flojas, pensó que Lugo no había criticado la xenofobia ni defendido a los migrantes, sino que había desplegado a 26 mil soldados de la Guardia Nacional para frenar el flujo de ilegales desde Centroamérica hacia Estados Unidos, por amenazas de Trump de imponer un arancel del 25% a las exportaciones mexicanas. AMLO ignoró las críticas de organismos defensores de los derechos humanos y pasó por alto sus compromisos de campaña al cerrarles el paso a miles de centroamericanos indocumentados, a quienes les había asegurado empleo y bienestar en México. Por supuesto que no se daría un tiro en el paladar. Discrepaba de la mayoría de las decisiones de Lugo, pero tenía dos opciones: apoyarlas o la nada. Everhard se abstuvo de comentar que unos eran los candidatos y otros los presidentes en funciones, en la inteligencia que la mayoría olvidaba sus promesas o dejaba de cumplirlas al llegar al poder.

—Tu libro fue una gran idea y creo que sí te ha funcionado eso de no engancharte, aunque Pasos Narro sí lo confrontó.

—En primer lugar, no me hables de ese pendejo; y en segundo, tan no lo confrontó que invitó a *Trum* a México para catapultarlo en las encuestas. De que era pendejo, era pendejo, ¿o no…?

—¿Cómo contradecirte? Lo importante es que a ti te funcionó —agregó mientras pensaba que Joe Biden había recibido los apoyos de sus colegas demócratas Bernie Sanders, Elizabeth Warren y Barack Obama. En tanto, el republicano Donald Trump había recibido el de Antonio M. Lugo Olea.

Biden, pensaba Everhard dentro de un silencio hermético, vería con pésimos ojos la visita del tal AMLO a Estados Unidos precisamente al inicio de la campaña presidencial. ¡Por supuesto que la entendería como una expresión de respaldo al republicano, tal y como Pasos Narro había recibido a Trump con los honores de un jefe de Estado solo para iniciar el declive de la candidatura de Hillary! Si Biden llegaba a la Casa Blanca ajustaría cuentas, que si las ajustaría, pero por el momento, a Lugo Olea le resultaba imposible rechazar la invitación amañada del principal inquilino de la Casa Blanca, por donde fuera los cornaría el toro. A callar, por lo pronto…

—Pues sí, sí me funcionó.

—Pues que te dure para siempre. Yo más bien creo que en lo que volamos a Washington, te insisto, de verdad te insisto, respetuosamente, debemos hacer un inventario de respuestas por si Trump o su gente te cuestionan a la hora de la hora. Preparémonos. No se te olvide que de ti ha dicho que eres un "socio extraordinario", que eres su amigo, una "persona estupenda…" —por supuesto que Everhard se cuidó de decir que Trump se refería a Lugo Olea entre sus colaboradores de confianza como "Juan Trump".

—¿Y como qué querrían saber, tú? —pensó Lugo en la posibilidad de que Trump reclamara que México escasamente ayudó a los Estados Unidos en la Segunda Guerra Mundial en contra de los nazis…

En ese momento, el canciller buscó en su celular algunas de las preguntas para adelantarse a los acontecimientos. Sabía que no se trataba de leer discursos ni de mandar a escribir libros, sino de contestar con determinación e información antes de que pudieran repreguntarle. Las evasivas eran temerarias ante la prensa norteamericana crítica. De inmediato leyó:

- ¿Por qué México no forma parte de la "coalición" con países latinoamericanos que siguieron su decisión de reconocer al líder opositor Juan Guaidó como presidente interino de Venezuela?

- ¿Por qué México ha evitado sumarse a esa política y a reunirse con Trump y los presidentes de Argentina, Brasil, Colombia, Chile, Ecuador y Perú, en Nueva York, para discutir sobre la crisis venezolana y dar un espaldarazo a Guaidó?
- ¿Por qué, si México siempre estuvo a favor de la democracia, ahora apoya a un tirano en la OEA?
- ¿Maduro, para usted, es o no un dictador, como lo es Castro y Ortega y como lo fue Evo Morales? ¿Maduro es una marioneta de Castro?
- ¿Está de acuerdo en la imposición de sanciones económicas y comerciales a Venezuela para restaurar la democracia en ese país?
- ¿Por qué no abre la economía y, por el contrario, comete el mismo error de otros presidentes que tampoco creían en el libre mercado y apoyaban a las empresas públicas por donde se fugaba y se fuga el dinero de su población?
- Pemex es un barril sin fondo por donde se escapan los ahorros del pueblo de México. ¿Sí o no?
- ¿Por qué asusta a la inversión extranjera como lo hizo al cancelar a la cervecera Constellation Brands y a las multimillonarias inversiones de empresas extranjeras que promueven la energía limpia? Mientras todos los países del mundo luchan por captar la inversión extranjera, usted la asusta. ¿Por qué?
- ¿Por qué canceló el aeropuerto de Texcoco que hubiera sido una fuente gigantesca de bienestar para todos los mexicanos, un poderoso y lucrativo centro de conectividad?

Cuando Lugo Olea se disponía a contestar una por una las preguntas redactadas por el canciller, ingresó el jefe de ayudantes con otra nota, ésta dirigida al propio presidente. Una vez leída, arguyó:

—Debemos postergar el acuerdo, el embajador de Estados Unidos está en la antesala y no me gustaría hacerlo esperar. Haga pasar al pendejo ése —le ordenó a su subalterno.

Afuera, en las calles de México, las opiniones estaban divididas. Ocurría de alguna manera lo mismo que cuando un avión enfrenta un cierto temporal a la mitad de la ruta. Los capitanes y los ingenieros de vuelo conocen las dimensiones del peligro y operan la aeronave en busca de las mejores condiciones de seguridad para evitar un accidente, mientras los pasajeros, distraídos, ajenos al riesgo, disfrutan sus alimentos y bebidas, una conversación, alguna película o la lectura de algún texto durante el trayecto. En la vida social de México se contemplaba el mismo fenómeno: el pueblo, en general, dedicado a sus quehaceres y a sus trabajos cotidianos, desconocía la trascendencia de las decisiones del gobierno sin poder advertir, a falta de conocimientos e información, la catástrofe económica de dimensiones sociales incalculables que, sin duda, se avecinaba. La verdad sea dicha, una parte de la nación no protestaba por ignorancia y la otra, se abstenía de hacerlo por cobardía o por simple indolencia. Lugo Olea se sentía autorizado a gobernar de acuerdo con sus estados de ánimo y su proyecto político, se decía en los corrillos sociales, a falta de una oposición que controlara sus planes suicidas para destruir a México.

El gran poder, decían unos, con el que se podría someter a AMLO, por más doloroso e indignante que fuera, vivía en la Casa Blanca y se llamaba Donald Trump. Concretamente esperaban que el jefe de la Casa Blanca interviniera, de una u otra forma, para impedir la imposición del comunismo en México. Si durante más de 60 años Estados Unidos había protestado y tratado de derrocar por medio de las armas y de bloqueos comerciales a la dictadura castrista, instalada en una isla, menos, mucho menos iba, según esos grupos, a permitir una tiranía totalitaria al sur de su frontera y generar, de esta suerte, millones de migrantes encaminados hacia el norte al desplomarse las transacciones entre ambos países, debido a la destrucción de la economía mexicana. De Venezuela ya habían huido 6 millones de personas, ¿cuántas se fugarían de México rumbo a Estados Unidos con muro o sin muro?

Otros atacaban a los empresarios por entreguistas al haberse rendido en su mayor parte al poder presidencial, sin haber podido armar un frente para defender millones de fuentes de riqueza, así como la supervivencia de millones de empleos. En el Congreso de la Unión, por otro lado, existía un precario equilibrio político que subsistía con grandes dificultades, si no se perdía de vista que representaba una minoría constantemente amenazada con penas corporales de no acatar la voluntad legislativa del presidente de la República. ¿La prensa? Algunos periodistas y medios denunciaban valientemente el agresivo proceso de destrucción de la patria; sin embargo, Lugo despreciaba las protestas del Cuarto Poder, porque su base electoral no leía los periódicos ni escuchaba la radio, salvo la musical, ni veía televisión y, si se "informaba", era por medio de las "mañaneras" y de las redes sociales dominadas por los miles de bots de AMLO.

En otros sectores se aducía que la verdadera oposición para tratar de descarrilar a la 4T surgiría cuando se desplomara el empleo, faltara pan y sopa en las mesas y se careciera de ingresos familiares para la compra de medicamentos, vestido y servicios escolares; es decir, cuando el hambre y el luto, por la pandemia y la crisis económica, ingresaran en las casas de la mayoría de los mexicanos. Tampoco servirían entonces las dádivas ni los supuestos planes asistenciales de Lugo, ante la próxima quiebra de la Tesorería de la Federación y la devastación de la sociedad mexicana. La popularidad del presidente se precipitaría en el vacío y entonces Morea perdería el control de la Cámara de Diputados en el 2021.

Otros, futuristas, proponían poner la debida atención en el nombramiento, en los próximos meses, de los consejeros del INE, porque podría cometerse un escandaloso fraude electoral, en el propio 2021, al estilo de los priistas, sin perder de vista la famosa frase de Porfirio Díaz: "Quien cuenta los votos gana las elecciones…" De ahí que, si personajes obsecuentes con las pretensiones totalitarias del presidente serían los llamados a contar los votos, una nueva violación a la voluntad política de los mexicanos estaría, claramente, en el terreno de lo factible.

En ciertos círculos periodísticos, empresariales y sociales de alto nivel, se comentaba con preocupación el proceso de consolidación de otra "Dictadura Maldita", ya que AMLO había desaparecido el INEE, la CNDH, el INAI y la CRE, entre otros organismos autónomos construidos para consolidar nuestra democracia, además de haber derogado la Reforma Educativa. ¡Claro que también provocaba malestar y sorpresa la disposición ilegal del Fondo de Estabilización de los Ingresos Presupuestarios, la confiscación de los fideicomisos públicos, las consultas públicas espurias, las "patito", así como el perdón camuflado a los narcos, la renuncia a la aplicación de la ley en lo general y la distracción de la opinión pública con la rifa del avión presidencial, entre otros entretenimientos perversos. Sí, de todos esos temas se hablaba a través de las redes y en la prensa, pero justo es reconocerlo, las alarmas sonoras que escandalizaban a diario, según las encuestas, se concentraban en el espantoso avance del crimen organizado, que el año previo había arrojado una cantidad estremecedora de 36 mil asesinatos, además de controlar más del 60% de los municipios, o sea, el 60% del país, datos por demás graves que habían escandalizado al mundo. ¡Claro que la inseguridad no solo inquietaba severamente a la nación, sino también a la inversión extranjera que, entre otras razones, permanecía atenta e inmóvil, con gran costo para México, mientras observaba la marcha de los acontecimientos! En otro orden de ideas, la sociedad mexicana padecía una aflicción crónica por el avance de la pandemia, del coronavirus, si bien la mayoría desconocía las decisiones tomadas por el gobierno y no se informaba respecto a las medidas adoptadas por otros países para combatir la peste, razón que le impedía contar con los elementos de juicio para criticar la estrategia sanitaria diseñada por Lugo Olea y sus colaboradores. ¿Cómo era posible semejante apatía cuando se hablaba de la vida y de la muerte? ¡Ah, raza de bronce, diría el poeta!

El pueblo no sabía que Lugo Olea le mentía cuando declaraba contar con un 70% de disponibilidad en hospitales para atender a los enfermos de COVID, en tanto los sanatorios públicos se encontraban al borde del colapso. Si bien el gobierno de la 4T había reconocido, el pasado 8 de abril, que los contagios se elevaban a 3 mil 181, la cifra real podría estimarse alrededor de 120 mil. ¿Cuántos mexicanos conocían estas cifras?

La gente no sabía que el gobierno había vendido en febrero a China mascarillas que hoy compra con urgencia, a 30 veces su valor... Ignoraba que en materia de pruebas de análisis para detectar oportunamente el virus y salvar miles de vidas, México estaba cerca de Bangladesh y Nepal. Al pueblo se le mintió cuando AMLO declaró tres meses antes que México estaba listo para enfrentar la pandemia cuando faltaban especialistas en áreas críticas y se carecía de equipos esenciales para el personal médico. También se le engañó y se le engaña cuando se registran defunciones como neumonía atípica o comunitaria, cuando se trata de coronavirus, lo anterior para acatar las instrucciones del presidente de disminuir la dimensión de la pandemia y cuidar su imagen política. Nunca se conocerá el número de muertos.

Al ocultar la realidad se impedía a la sociedad tomar las precauciones imprescindibles para disminuir el ritmo de contagios de la pandemia y, por ende, prevenir la terrible enfermedad en las familias mexicanas.

Todo se comentaba en el difícil enclaustramiento a través de los WhatsApp, los tuits, el Facebook, las conversaciones por Zoom, por BlueJeans e Instagram, entre otros medios de comunicación, en donde los médicos mexicanos alegaban que AMLO tuvo meses para preparar al país, pero optó por recortar los presupuestos en salud e investigación y al hacerlo dejó indefenso al sistema hospitalario desde antes de la llegada de la peste y, peor aún, se decía que el propio presidente había presionado a las autoridades médicas para que los comercios abrieran después de Pascua, porque él sentenciaba que "No nos van a hacer nada los infortunios ni las pandemias", que "Hay que abrazarse, no pasa nada", que sus amuletos "Detente" contendrían la pandemia, que "El coronavirus no es algo terrible, fatal, ni siquiera equivale a una influenza", "El coronavirus me cayó como anillo al dedo" y que "El coronavirus nos hace lo que el viento a Juárez…" Todo lo anterior mientras los hospitales se llenaban de cadáveres, se rentaban camiones refrigerados a falta de servicios funerarios suficientes, se improvisaban fosas comunes a gran velocidad para enterrar los muertos envueltos en bolsas de plástico o se les incineraba cuando se podía, a precios elevados, cuando hubiera espacio en los hornos crematorios. Ni AMLO ni Brigitte jamás se presentaron en una agencia funeraria, ni en un hospital público para consolar a los deudos de un familiar ni a los graves enfermos del pueblo bueno y generoso.

¿Cómo hablar de austeridad cuando está en juego la vida…?, se cuestionaban quienes eran dueños de la información.

Por supuesto que se propuso la creación de un "Consejo Sanitario Privado", integrado por epidemiólogos mexicanos y extranjeros, y otro "Consejo Económico", representado por grandes economistas para arrebatarle a un gobierno suicida el control de la salud y organizar un frente para rescatar el futuro de México, si es que se estaba a tiempo, ante tanta mentira que impedía conocer la realidad de la tragedia, pero la moción se extravió, como casi todo, entre la apatía ciudadana.

Si la protesta social no llegaba a dimensionarse como consecuencia del confinamiento al que habían obligado las autoridades sanitarias y las calles permanecían vacías, la marcha histórica del domingo 8 de marzo organizada por las mujeres mexicanas constituía una asignatura pendiente, muy pendiente, a cargo de ellas. Seguían asesinando a 11 mujeres al día, mientras Lugo Olea decía que sus llamadas de auxilio a Locatel o a los ministerios públicos eran falsas. Era evidente que ya nadie podría detener, ni el coronavirus, el ímpetu feminista que habría de configurarse en un partido político para hacer valer sus peticiones despreciadas por el actual gobierno embustero, machista e insensible, según decían las mantas durante la masiva protesta callejera. Imposible que dejaran de luchar por la igualdad entre ambos sexos, como lo era menospreciar los ataques machistas padecidos por las mujeres. Las quejas contra AMLO, al haber declarado que los feminicidios eran parte de una trama de los conservadores o de los neoliberales, dejaban en evidencia otra forma de desprecio en contra de una de las partes más valiosas de la sociedad, con independencia de la niñez. La evidente misoginia del presidente la pagaría al contado en las urnas, porque el 52% del padrón federal electoral estaba integrado por mujeres.

Entre las reclamaciones más severas a AMLO radicaba su inentendible negativa a conceder auxilio financiero al sector empresarial para ayudar a la nación a salir de la parálisis económica. Se trataba de contribuir a la liquidez de las empresas y colaborar así a su supervivencia y a la preservación de los empleos. Resultaba indigerible que en abril 12 millones de mexicanos se hubieran quedado sin ingresos, según el Inegi, y que todavía el presidente despreciara la catástrofe social y nacional que ello implicaba.

Mentía cuando prometió crear 2 millones de empleos en ocho meses, cifra a la que llegaría al contabilizar los créditos concedidos por el Infonavit y el Fovissste, en el entendido que los beneficiarios construirían sus propias viviendas, a saber cómo, por lo cual, según él, los padres de familia acreditados debían ser considerados como nuevos trabajadores. Un embuste tras otro, propio de un mitómano profesional.

Los empresarios, argüían en sus salones de consejos o en los talleres o panaderías o sastrerías, o en las asambleas de sus respectivas cámaras, que se encontraban ante una grave disyuntiva: pagar impuestos o pagar sueldos y proveedores para alejar el mayor tiempo posible a sus compañías de la quiebra. Por otro lado, diversos gobernadores de la oposición evaluaban la posibilidad de suspender el entero de los impuestos correspondientes al gobierno federal porque el presidente prefería destinar 450 mil millones de pesos a la compra de voluntades electorales disfrazadas de "programas asistenciales", es decir, utilizar el ahorro público para garantizarse el éxito en las elecciones intermedias del año siguiente y desperdiciar otros 550 mil millones de pesos en Dos Bocas, Santa Lucía y el Tren Maya, que no resolverían los conflictos derivados de la pandemia, ni activarían la economía, objetivos que deberían constituir sus verdaderas preocupaciones. AMLO, por su parte, les había contestado a los empresarios, si van a quebrar que quiebren, en tanto a los gobernadores rebeldes, pareció contestarles con aquello de ni te escucho ni te veo. ¿Acaso existes…? Hasta que llegó a amenazarlos con meterlos al "bote" si no se sometían, dicho sea en el "lenguaje juarista" más puro y dentro de un contexto estrictamente legal.

Conclusiones: si, por un lado, los empresarios incomprendidos no pagaban sus impuestos porque preferían salvar a sus empresas de la ruina y evitar así el daño masivo por la expansión incontenible del desempleo y sus terribles consecuencias y, por el otro, los gobernadores de la oposición se unían con el objetivo de salvar a sus gobiernos de una terrible convulsión social y decidían no enterar a la Federación de los impuestos generados en sus estados para atender la peste y ver por la supervivencia de las empresas en sus entidades, entonces, con dichas decisiones suicidas, reventaría en mil pedazos el pacto federal y se acabaría el país y los mexicanos pagarían mucho más caro aún el arribo de la Cuarta Transformación.

El tiempo transcurría meteóricamente, tan rápido que, cuando Lugo Olea y Everhard se dieron cuenta, faltaba tan solo un par de días para volar a los Estados Unidos con el objetivo de entrevistarse con el presidente Trump. Las hojas del calendario habían caído a una velocidad inaudita, tanto o más rápido que cuando se firma un pagaré. Las discusiones entre el presidente de la República y el canciller parecían extraídas de una obra tragicómica, como cuando Lugo Olea se negó a volar en el avión presidencial para llegar con la debida dignidad a Estados Unidos. Le era absolutamente irrelevante que el aparato, un Jet Boeing 757, el José María Morelos y Pavón, llevara ya más de un año y medio inmovilizado en el hangar presidencial, que los mexicanos siguieran pagando con sus impuestos el costo multimillonario del arrendamiento financiero, además del elevado importe del mantenimiento, sin olvidar los otros millones de pesos erogados para pagar los boletos de avión del jefe del Ejecutivo Federal y de su comitiva para poder viajar cada semana por la República, cuando bien hubiera sido posible, al menos, utilizar los aviones supersónicos del ejército o de la marina, también estacionados sin mayor uso, para transportarlo.

¿Qué va a pensar el pueblo de mí? No quiero ofenderlo…

¿Y qué pensará el pueblo de ti, si desperdicias sus ahorros de esa manera y no los representas en el extranjero con la categoría requerida por el presidente de la República?, se preguntó el canciller en hermético silencio. ¡Cuánta farsa tan costosa!

Con el ánimo de ser congruente con sus promesas populares, Lugo Olea cumplió su palabra y decidió volar a Nueva York en Aeroméxico, el 10 de junio, un día antes de la reunión en Washington, para evitar el menor riesgo y llegar a la cita con la anticipación debida. AMLO mandó comprar boletos para él y sus acompañantes, en clase turista. Los lujos, propios de los odiosos pirrurris y fifís, eran ostentaciones indebidas de cara a un pueblo pobre y explotado, por lo que tampoco utilizaría ninguno de los helicópteros Puma, del ejército, para volar del Zócalo capitalino al Aeropuerto Internacional de la Ciudad de México. Llegarían a la Terminal II a bordo de su automóvil Jetta blanco. No faltaba más. Nada de camionetas negras, excéntricas y blindadas, como las utilizaba en sus giras por el país. La discreción ante todo. Inclusive giró instrucciones a su chofer, otro distinto al gran Nicolás "El Nico"

Mollinedo Bastar, mejor conocido como el chofer del Tsuru de Antonio M. Lugo Olea, quien devengaba un salario de 80 mil pesos mensuales cuando aquel era jefe de Gobierno en la Ciudad de México, mientras que un médico cirujano del gobierno del DF, con 40 años de antigüedad, percibía 11 mil pesos al mes. Lugo mismo ordenó la ruta para evitar contratiempos: irían por San Antonio Abad hasta llegar al Viaducto, para continuar el camino hasta la terminal aérea. Rechazaba la parafernalia presidencial.

Everhard lo acompañaría, desde luego, durante el trayecto. El resto de la comitiva, secretarios de Estado y algunos integrantes del gabinete ampliado, los más indispensables en aras de la obligada austeridad, viajarían con el presidente para entrevistarse con sus contrapartes en Washington. Se encontrarían todos a las 10 de la mañana en el aeropuerto para abordar el avión en tiempo y forma. El grupo de destacados empresarios, los del "Cuarto de Junto", consejeros ineludibles para la suscripción del T-MEC, volarían, tal vez, en sus aviones privados para estar presentes en la reunión. AMLO se sintió desprotegido cuando su propio jefe de Seguridad reconoció, un día antes, que no hablaba inglés, carencia importante que hubiera podido evitarle contratiempos y vergüenzas de llegar a solicitar un servicio. El día del viaje, el presidente de la República salió a tiempo en dirección a la Calzada de Tlalpan. Al llegar al Viaducto, el chofer giró a la derecha para encaminarse a su destino final. Hasta ese momento, todo marchaba de acuerdo con lo planeado, solo que el viento veleidoso de golpe dio la vuelta sin previo aviso. Cuál no sería su sorpresa, cuando al ir circulando con normalidad, de repente se vieron obligados a detenerse hasta llegar a la inmovilidad total. Se trataba de un pavoroso embotellamiento de vehículos, un obstáculo absolutamente normal para cualquier chilango acostumbrado a un tráfico infernal a falta de un eficiente sistema de transporte colectivo en una de las ciudades más grandes del mundo. La ansiedad se apoderó de todos los pasajeros, solo que ¿quién se iba a atrever a reclamarle al presidente? ¿Por qué no usamos el puto helicóptero?, se cuchicheaban en silencio. De perder más tiempo, no solo no llegarían puntuales para tomar el vuelo a Nueva York, sino que correrían peligro de perder la conexión a Washington. Everhard intentaba tranquilizar al presidente cuando, en su interior, echaba espuma por la boca. Lo sabía, claro que lo sabía. Imposible olvidar que la cita no era con el Fifirafas Pérez, sino con el hombre más poderoso de la tierra… ¡Horror!

El secretario de Seguridad sugirió llamar a uno de sus motociclistas para conocer el origen del congestionamiento vial. Nadie sabía lo que ocurría. Tal vez sería conveniente transportar al presidente de la República con casco o sin él a bordo de ese vehículo por más incomodidad y peligro que pudiera representar. En ese momento no contaron las burlas ni los chiflidos groseros cuando el pueblo viera pasar a su jefe de Estado a bordo de una moto abrazando por la espalda al conductor. ¡Viva México!, ¿no? ¡Ay, pobre Kafka, no tenía imaginación…! ¿Y la maleta del señor presidente?

La moción fue desechada porque Lugo Olea no podría viajar sin Everhard. ¿Razón? En el Aeropuerto Kennedy no sabría cómo preguntar, en inglés, en dónde se despachaba el vuelo de Delta Airlines a Washington ni si era necesario pasar aduana y luego los filtros de migración. ¿Y las petacas? ¿Dónde recogerlas? Bien pronto escucharon por medio de los *walkie talkies* que un nutrido grupo de médicos y enfermeras de los hospitales públicos había bloqueado ambos lados del Viaducto para presionar al gobierno con el propósito de obtener mascarillas y equipos profesionales especialmente diseñados para evitar contagios por coronavirus. Las mantas alusivas decían: "Señor presidente, ya son 120 médicos y enfermeras muertos por falta de tapabocas, desinfectantes y equipos. Apiádese de nosotros". "Nosotros nos jugamos la vida con cada paciente todos los días. No somos ninis, no somos parásitos. Los hospitales necesitan fondos públicos." "No se puede hablar de austeridad cuando están en juego la vida de millones de mexicanos."

El presidente proponía dirigirse a los manifestantes y, por las buenas, invitarlos a liberar la vía pública. ¿O los acusaría con su mamá o con su abuelito por ser chicos traviesos?, pensó el chofer, ocultando una sonrisa traviesa. Uno de los secretarios sugirió usar gas lacrimógeno, inofensivo pero eficaz, con tal de llegar al aeropuerto, pero AMLO se negó a usar la fuerza pública en contra del pueblo. Si no recurría a ella para controlar a los narcos, a buena hora iba a emplearla contra médicos y enfermeras… El emisario del presidente fracasó en sus intentos de negociar con los manifestantes. Tarde, muy tarde, gracias a un aguacero que dispersó a los ilustres galenos, se pudieron abrir paso, solo para saber que, al llegar al aeropuerto, el avión de Aeroméxico ya había despegado, de acuerdo con las conocidas instrucciones vertidas por el propio jefe del Estado Mexicano. "¡Que nunca me esperen! En mi gobierno no habrá privilegiados, incluida mi persona… Los aviones saldrán a la hora que deban salir esté yo o no presente…"

Afortunadamente, pudieron abordar un avión de Delta Airlines a Nueva York con una escala en la ciudad de Atlanta, en donde Lugo Olea, preocupado, se negaría a comer unos tacos *de classic chili con carne*. Imposible describir el rostro de sorpresa de la tripulación y de los pasajeros cuando el presidente de la República se sentó en uno de los asientos destinados a la clase económica. Las azafatas no daban crédito a sus ojos al constatar que medio aeroplano se vaciaba por miedo a un atentado presidencial en pleno vuelo. Preferían perder el importe de sus boletos antes que jugarse la vida. El cónsul de México en Nueva York y la embajadora de México en los Estados Unidos hicieron lo pertinente para obtener una conexión inmediata, de modo que el presidente de la República pudiera llegar la misma tarde-noche del día 10 de junio a su destino. El Departamento de Estado fue informado que al presidente de México lo había dejado el avión y llegaría unas horas más tarde de lo previsto a la ciudad de Washington… La comitiva mexicana fue recibida en el aeropuerto John Foster Dulles, en la capital de los Estados Unidos, por el jefe de protocolo de aquel país. No era extraño que mandatarios de países centroamericanos o africanos arribaran en líneas aéreas comerciales, por lo que no sorprendió que Lugo Olea llegara en Delta Airlines.

Una vez alojados en una impresionante suite del JW Marriot, Lugo Olea y su canciller repasaron una y otra vez las respuestas a las preguntas que formularía Trump dentro del cartabón protocolario. Como Everhard traduciría las palabras de ambos mandatarios, además del traductor oficial de la Casa Blanca, aquel podría agregar de su propia cosecha diversas observaciones para lograr, a su conveniencia, un mejor entendimiento. Lugo Olea, inquieto y desconfiado, su instinto político se lo decía, no dejó de insistir en practicar cuestionamientos distintos a los acordados, que bien podrían ser lanzados por los diversos colaboradores del jefe de la Casa Blanca.

Antes de retirarse a descansar, que no a dormir, porque conciliar el sueño iba a ser una tarea difícil, se acercó por última vez a la ventana para contemplar el inmenso obelisco construido para honrar la memoria del primer presidente de Estados Unidos, George Washington. Aquí se ha escrito, en buena parte, la historia del mundo, pensó mientras recostaba la cabeza en la almohada. Estaba exhausto.

Everhard llegó al otro día en punto de las 9:00 de la mañana del 11 de junio, para desayunar con el presidente de la República y tranquilizarlo ante la proximidad del encuentro con Trump.

—¿Tú crees, Mariano, que si *Trum* pierde las elecciones a manos de Biden, o como se pronuncie, nos irá mejor que con este monstruo? —preguntó AMLO con la idea de animarse.

—Con la mano en el corazón, querido Toño, te puedo decir, porque lo conozco, que Biden es un pendejo, muy buena gente, pero eso sí, nadie le quita lo pendejo: nos odia, no quiere saber nada de nosotros, los *mexicans*… Por eso es válido el dicho: más vale malo por conocido que bueno por conocer. Olvídate —agregó a continuación— ni Trump ni Biden quieren saber nada de los mexicanos, tal vez para ellos no pasamos de ser un mal necesario y eso solo porque les compramos muchísimo, somos sus mejores clientes.

—¡Zápatelas! —agregó Lugo descompuesto echándose para atrás—. Yo tenía esperanzas de que…

—Insisto, olvídalo. Yo conocí a Joe Biden durante la campaña de Hillary Clinton y sé que es un redomado pendejo que, además, nos odia. Ya no sé a quién tirarle.

—A ver, a ver, si ayudaste a la señora Clinton, no creo que le caigas nada bien al *Trum*, y ese rencor puede complicar las cosas. No sé hasta qué punto nos convenga tu presencia en esta reunión, Marianito —descargó sus reflexiones con su conocida desconfianza.

—No, por ahí no van los tiros, querido Toño. Tengo una gran relación con Kushner, el yerno de Trump, quien ha limado todas las asperezas y me ha pavimentado el camino al presidente con mucha generosidad y buena fe. No te preocupes, todo está planchado.

Un telefonazo a modo de un sonoro latigazo le anunció a Everhard la llegada de la caravana de limosinas que transportaría a la comitiva mexicana a la Casa Blanca. AMLO se ajustó, sin disimular su nerviosismo, el nudo de la corbata, se fajó la camisa, se lavó una vez más los dientes, se volvió a peinar para evidenciar su corte de pelo al estilo juarista, se echó una loción de marca desconocida, sin etiqueta, muy popular en Tabasco, su tierra, se revisó los zapatos, los boleó una y otra vez en un aparato automático colocado a la salida del baño, se revisó las uñas, se irguió y, con la debida dignidad, abandonó la suite del hotel a paso firme y determinado en dirección a su destino, para impresionar al canciller, quien lo seguía de cerca. Si algo le había tranquilizado era la cancelación de la cena esa misma noche con el presidente Trump. Podría regresar a su hotel después del *lunch* y, de ahí, volar a Nueva York y, de inmediato, a México.

Al llegar a la Casa Blanca fueron recibidos por el secretario de Estado, Mike Pompeo, un viejo conocido, flanqueado por dos grandes marines vestidos con el uniforme de gala. Las banderas de México y de Estados Unidos se veían por doquier. Él los condujo a una sala de espera adjunta al Despacho Oval. Cuando el propio Pompeo pedía cortésmente unos minutos de espera, en ese momento salió del Despacho Oval una hermosa mujer, alta, rubia, de unos 25 años de edad, de un cuerpo espectacular. Vestía un traje a la moda muy escotado. Intentaba limpiarse el rímel que parecía corrido, al igual que el rojo carmín de sus labios que manchaba una buena parte de su boca, más allá de sus delicadas fronteras. Se ajustaba con ansiedad el brasier, al tiempo que evitaba las miradas de los curiosos. La secretaria del presidente negaba con la cabeza en silencio mientras dejaba escapar una sonrisa cómplice. De pronto sonó el teléfono colocado sobre su escritorio, al lado izquierdo de su computadora.

—*Yes, of course, mister president*…

En ese momento, tal vez el más inadecuado, invitaron a la comitiva mexicana a entrar al Despacho Oval. En un principio, después de los saludos de rigor, se tomarían una fotografía de grupo con la primera reunión bilateral de ambos gobiernos. A continuación, la entrevista se llevaría a cabo solo entre el presidente Lugo Olea, Everhard, el presidente Trump, y algunos de los integrantes del gabinete de este último y los respectivos intérpretes. La delegación mexicana y los empresarios se reunirían con sus pares en diferentes despachos de la residencia oficial.

Nunca pasó siquiera por la mente de Lugo Olea que al acercarse y ver por primera vez en persona al presidente Trump, este se pararía en el pie izquierdo, como un malabarista, en tanto con el derecho invitaba al presidente mexicano a saludar con un breve contacto entre los zapatos, con el propósito de no saludarlo, en ningún caso, con la mano. A saber desde cuándo no se la lavaba después de tocar a indios que nunca conocieron una pastilla de jabón.

Mientras hacía esta gimnasia y sonreía, Trump se limpiaba las huellas de *lipstick* con su pañuelo, demostrando un particular sentido del humor. AMLO no podía hacer otra cosa, salvo seguir el juego y, apoyado en el hombro de Everhard, chocó su zapato derecho con el de su homólogo entre carcajadas muy festivas para romper el hielo. Los fotógrafos tomaron las respectivas imágenes para la posteridad.

Si algo le llamó la atención a la delegación mexicana fue el hecho de encontrar a un presidente Trump afable, simpático y hasta cordial, entero y dispuesto a pasar un buen rato. En su conducta no se reflejaban los terribles problemas de diferente naturaleza que pesaban sobre su espalda, como el feroz pleito entablado en contra de los chinos a través de su política arancelaria, de muy graves consecuencias para el mundo, además de los horrores de la pandemia, la catástrofe económica que padecía su país, los 36 millones de desempleados, el pavoroso incendio racial por el brutal asesinato de George Floyd, Big Floyd, un hombre indefenso de color y, por si fuera poco, la nada remota posibilidad de perder la reelección en noviembre. En este momento, en el rostro del principal inquilino de la Casa Blanca, no se reflejaban sus agobios ni sus asfixiantes pesares, tal vez porque se trataba de un gran actor capaz de disimular a la perfección sus emociones.

Acto seguido, se sentaron cara a cara ambos mandatarios, en tanto unos meseros, elegantemente vestidos, ofrecían café o té para empezar la reunión. El resto del equipo de trabajo norteamericano tomó

asiento a los lados de los sillones amarillos, coloca-
dos en paralelo. Unos daban la espalda a la chimenea y los otros, al escritorio presidencial.

El presidente Trump empezó la conversación
con detalles de cortesía, al expresarse en el mejor
castellano memorizado en los últimos momentos:

—Me da mucho gusto, querido amigo, que yo
tanto aprecio y respeto, que haya venido a la casa de
todos los norteamericanos.

Everhard, ignorando a la intérprete de la Presidencia, explicó que Lugo Olea también se sentía
muy halagado por la amable invitación.

Después del intercambio de un par de frases de
carácter protocolario para no entrar en materia de
inmediato, Trump, como hombre práctico de negocios afirmó:

—Ya era hora de reunirnos. Somos los mejores vecinos de la historia y no lo habíamos logrado,
Antonio.

—Sí, yo ya cumplí casi dos años de haber sido
electo, por lo que este momento es para nosotros
muy importante —adujo el presidente mexicano
recordando la pérdida de Texas, Arizona, Nuevo
México y California en una guerra injusta y alevosa.
¿Mejores vecinos de la historia?, a otro perro con ese
hueso, bola de cabrones. ¿Mejores vecinos con un
muro…?

—Pero a ver —continuó Trump—, ¿a qué se
debe que ustedes, los mexicanos, tengan una tasa
de letalidad más baja que nosotros ante el COVID,
poco menos 15 mil muertes? ¿Cómo le hicieron?
Aquí los gringos quisiéramos aprender de ustedes…

—Por un lado, debo decirle que nos adelantamos a la pandemia porque tenemos la fortuna de contar con un epidemiólogo notable, graduado aquí, en Estados Unidos, con todos los honores académicos y, por el otro, le confieso que los mexicanos estamos hechos de una madera muy especial, muy resistente, por lo que el virus nos hace menos daño que en otras latitudes —concluyó sin agregar que él consideraba que la ingesta de chile, sobre todo el jalapeño, constituía un antídoto en contra de cualquier enfermedad. Sabía, a ciencia cierta, que Trump también era un mentiroso profesional, por lo que no tuvo empacho en entrar al juego. ¿Qué más daba?

—Es curioso su argumento —tomó la palabra el secretario de Salud del gobierno de los Estados Unidos, una vez autorizado por Trump—, porque yo supe que la viruela importada de España mató al 90% de los mexicanos en el siglo XVI. Se ve que han mejorado con el tiempo —agregó en un tono burlón.

Everhard comentó a Lugo Olea que tal vez el secretario había oído o leído de la posibilidad de que el gobierno mexicano ocultara el número real de fallecimientos, por lo que no convenía entrar en esa discusión.

—Tiene usted toda la razón, señor secretario, hemos mejorado con el tiempo; la alimentación ha jugado un papel muy importante.

—¿Usted cree que ya se está aplanando la curva?, porque mientras más tiempo tarde, más empleos se perderán y más trabajo costará recuperar la economía —insistió el encargado de la salud en la Unión Americana.

—Sí, en México hemos perdido muchos empleos, no tantos como ustedes, eso no, pero los recuperaremos rápidamente porque hemos hecho un pacto por el empleo con los empresarios y muy pronto vamos a resurgir de la tragedia —expuso otra gigantesca mentira del tamaño de las torres de Catedral, como si se estuviera dirigiendo a su público cautivo de las mañaneras.

—Suena raro lo de su pacto, señor presidente —aclaró el secretario de Comercio—, porque dicha alianza no me queda clara no solo por la cancelación de la Constellation Brands, sino porque hemos visto que usted ya no recibe a los empresarios mexicanos y, a diferencia del resto del mundo, les ha negado ayuda financiera a lo largo de la pandemia. El *New York Times*, el *Washington Post* y el *Wall Street Journal* afirman lo contrario en relación con sus señalamientos, y más aún, no se imagina la cantidad de inversionistas de mi país que van a demandar al suyo por haber cancelado las inversiones en energía limpia, a diferencia de lo que ocurre en otros lugares que suplican esas tecnologías por las ventajas sociales y económicas que conllevan.

—Pues sí, tuvimos diferencias, pero ya las resolvimos y ahora vamos todos tomados de la mano a reconstruir a México.

—No, de la mano no pueden ir tomados —repuso Trump con el ánimo de disminuir la tensión durante la entrevista—, porque los doctores no recomiendan ese tipo de expresiones físicas, amigo Lugo…

Mientras Lugo Olea festejaba la ocurrencia de Trump, Wilbur Ross, el secretario de Comercio, volvió a poner las cartas sobre la mesa:

—Pues solo que ese pacto lo haya usted firmado hoy en la mañana, señor presidente, porque aquí en Washington no sabemos nada y créame que lo sabemos todo…

Bastó una mirada del presidente Trump para cambiar la conversación. Nos interesa que Lugo sepa que estamos informados de lo que ocurre en México, había sido la consigna antes de comenzar la reunión. Todavía iba a agregar míster Ross que la comunidad de hombres de negocios de Estados Unidos detestaba a Lugo Olea y que, por esa razón, habían decidido no asistir al *lunch* que se serviría a continuación. Los hombres del dinero no estaban con Antonio M. Lugo Olea, a quien consideraban un comunista, enemigo de la propiedad privada, que estaba construyendo una dictadura a espaldas de Estados Unidos y de su propio país. *This guy is bullshit*, decían en sus clubes de millonarios.

Como si en la Casa Blanca hubieran diseñado un guion para desarrollar una obra de teatro, Mark Meadows, Chief of Staff, agregó:

—Lo felicito, presidente Lugo, por esa decisión —traducía rápidamente la intérprete oficial—, porque para nosotros es muy importante que la economía mexicana no se deprima por largo tiempo porque en ese caso, al ser nuestros mejores socios, dejarían de comprar nuestros productos y esa disminución de ventas se traduciría en desempleo en alguna escala en nuestro país, lo cual, como usted comprenderá, es una situación muy preocupante. Siete millones de norteamericanos —concluyó mientras soltaba un dato sorprendente— trabajan para surtir los pedidos mexicanos, y si ustedes dejan de comprar por falta de capacidad de pago o por otra devaluación de su moneda, nos ocasionarían un trastorno, no grave, pero, al fin y al cabo, un trastorno que en estos momentos es muy inconveniente.

—A nosotros en México nos interesa más que a ustedes echar a andar nuestra economía, no solo para continuar comprándoles, sino para crear mucho bienestar en nuestro país —defendió su punto Lugo Olea.

—Usted disculpará, pero la cancelación abrupta del aeropuerto de la Ciudad de México asustó a nuestros inversionistas y dejaron de tomar en serio a su país; por otro lado, ustedes no han respetado los tratados internacionales para producir energía limpia, lo cual volvió a alarmar a la comunidad de negocios de Estados Unidos, para ya ni hablar de la cancelación de la Constellation Brands, entre otras decisiones muy difíciles de entender en Nueva York, en la capital mundial de las finanzas. Pero dígame, a pesar de todo lo anterior y volviendo al tema, ustedes no han ayudado a la liquidez de sus propias empresas y las han orillado a la ruina. De esta suerte, ¿cómo van a hacer para convencer a los empresarios y recuperar los empleos? El pacto es imprescindible y espero que le funcione.

—Como le dijo el presidente —interceptó Everhard—, ya hemos suscrito un pacto con los empresarios mexicanos y muy pronto se verán los resultados, también con sus colegas extranjeros —insistió el canciller en la mentira. ¡Qué manera de tragar mierda, se dijo en silencio! Mierda, mierda, mierda…

En ese momento, Donald Trump intervino con las siguientes palabras:

—Muchos legisladores, sobre todo senadores republicanos, me han informado que usted desprecia a las empresas, que la palabra ganancia o capitalización de dividendos le saca ronchas y que de alguna forma o de la otra, ha venido quitándoles apoyo, tal y como en su momento hizo Hugo Chávez en Venezuela.

Lugo Olea se revolvió en el asiento y clavó la mirada en el rostro de Everhard como si le estuviera reclamando su falta de visión y de competencia porque él ya se había imaginado que algo así sucedería. No tuvo otra alternativa que seguir mintiendo. Los ejercicios con preguntas y respuestas que habían formulado en México y repasado en el hotel Marriot, ya en Washington, no habían servido para nada. ¡Claro que Trump haría añicos los protocolos! ¿De cuándo a acá le importaba más allá de un pito y dos flautas, el respeto a los terceros o a las formas?

—Nosotros en México —contestó sin retirar la mirada congestionada por la furia del rostro del canciller, quien hubiera deseado meterse debajo de la mesa—, tenemos enormes diferencias sociales, y lo que nos hemos propuesto es generar riqueza y distribuirla como nunca antes se ha hecho. Créame que lo vamos a lograr en el corto plazo. Nos resulta imposible prescindir de las empresas porque ellas son las que contratan los empleos, las que pagan impuestos, las que captan las divisas fondeando al gobierno para distribuir el ingreso con justicia social. Nosotros queremos elevar el nivel de vida de todos los mexicanos. Esa fue nuestra promesa y la vamos a cumplir —agregó al tomar un poco de agua. Tenía la boca seca y la lengua pegada al paladar. Él ya se había imaginado una escena similar, pero en realidad, ¿cómo evitarla, cómo culpar a Everhard? ¿Quién podía controlar a estas fieras?

En ese momento, y de acuerdo con el plan, el Chief of Staff advirtió que la economía mexicana se había desplomado hasta la recesión el año anterior, cuando históricamente, con sus debidas diferencias, habían evolucionado ambas economías en paralelo y si esto había acontecido era porque se había ignorado al sector empresarial, el gran constructor del bienestar de los países:

—Ustedes llegaron al gobierno heredando una tasa de crecimiento económico de más del 2% y el año anterior lo terminaron con menos del 1%. Una fatalidad, mucho antes de la crisis pandémica. El futuro de México no era precisamente promisorio, por lo que se tendrían que tomar medidas muy radicales para evitar una fractura fatal indeseable para nosotros. Aquí, en Estados Unidos, sabemos al día la cantidad de dólares que salen de su país como consecuencia de la desconfianza a su gobierno. El secretario del Tesoro tiene todos los datos. La fuga de capitales es de escándalo. ¿Por qué será?

Trump volteaba a un lado y al otro como si hubiera asistido a un partido de tenis. Observaba el rostro pálido, descompuesto, de los dos altos funcionarios mexicanos. Sabía que ya los había dominado, que los tenía, como siempre, en el puño de su mano, solo faltaba apretarlo. Se encontraba en estas reflexiones, cuando el asesor de Seguridad Nacional tomó la palabra de acuerdo con el libreto previamente establecido:

—El narcotráfico es una de nuestras grandes preocupaciones, por lo que quisiéramos invitarlo a formar un equipo de trabajo orientado a acabar con los envenenadores de nuestros dos países. La primera vez que escuchamos que usted pretendía imponer el orden mediante su política de abrazos y no balazos, creímos que se trataba de una broma, porque esos criminales solo entienden cuando se les quita el dinero, cuando se les encarcela o cuando se les priva de la vida y ustedes, en su gobierno, ni les quitan el dinero ni los encarcelan ni los privan de la vida. ¿De verdad cree usted que va a controlarlos con abrazos como si se tratara de la reencarnación de Jesús? No pierda de vista, esos perros asquerosos son capaces de todo.

Antes de que Lugo pudiera contestar, el mismo asesor dio a conocer los datos relativos a la cantidad de cocaína confiscada por México en 2019, de los capitales asegurados al crimen organizado y de los hampones encarcelados para demostrar que, al no haber hecho casi nada, dejaba la frontera de los Estados Unidos abierta al servicio y gusto del hampa.

AMLO parpadeaba con insistencia, se chupaba los labios, se ajustaba la corbata, se tronaba, de acuerdo con su costumbre, el dedo índice derecho. Como no podía quedarse callado, adujo los siguientes argumentos con su risa odiosa que enervaba a buena parte de los mexicanos ("¿De qué se ríe el presidente? ¿Del desastre que ha ocasionado?"), se preguntaban.

—En los gobiernos anteriores no funcionaron los balazos, por lo que cambiamos de estrategia para ver si por medio de la palabra y de las buenas maneras podemos convertirlos y llevarlos por el camino del bien.

Las discretas sonrisas y comentarios, apenas audibles, no se hicieron esperar. Fue entonces cuando Trump escuchó que uno de sus secretarios criticaba al presidente mexicano, susurrándole a uno de sus colegas: *He seems to be priest Lugo or father Lugo*. Ignorándolos con una sonrisa, Trump volvió a tomar la palabra:

—Si ya nuestra DEA les había informado el lugar y la hora para detener al "Chapito", ese hijo de la gran puta —expresó Trump en un lenguaje muy suyo para no dejar la menor duda de su posición—, y después de arrestarlo, ustedes lo liberaron y, además, Antonio, todavía fuiste a celebrar su cumpleaños, ¿no crees que esto nos llena de sospechas y de alarma, dado que es uno de los narcotraficantes más buscados por nuestras policías? ¿Cómo querías que viéramos desde aquí, desde Washington, que fuiste a cantarle el *Happy Birthday* a un miserable que ha enlutado a muchas familias norteamericanas?

—Queríamos evitar un derramamiento de sangre durante el arresto del "Chapito" —comentó Lugo verdaderamente apesadumbrado al sentir que lo acuchillaban por todos lados—, porque ya habían amenazado con matar a las familias de muchos de nuestros soldados, y por esa razón, preferimos liberarlo y si fui a verlo en su cumpleaños, es porque creo que, hablando con él, con abrazos, lo puedo conducir por el camino del bien.

—¿Y lo lograste? —preguntó Trump sarcástico—, porque si fue así, insisto, tenemos que aprender mucho de ustedes —aclaró girando la cabeza en busca de la aquiescencia de sus colaboradores. ¡Cómo gozaba el reconocimiento público! Más adelante agregó—: Eso quiere decir que ese miserable asesino ya no produce cocaína ni la introduce de contrabando en Estados Unidos ni cobra dólares y está a punto de la beatificación, ¿no?

—Hacemos lo que podemos —contestó AMLO demudado, en tanto Everhard parecía haber perdido el habla para siempre—, y muy pronto tendremos buenos resultados. Lo que necesitamos también es que ustedes prohíban la venta de armas en México. Tenemos una gran desventaja entre nuestra marina y nuestro ejército, en relación con el poder del armamento de los capos.

En ese momento Trump instruyó al Chief of Staff para que transmitiera al secretario de la Defensa dicha petición, misma que estaba condenada al bote de la basura, porque para Estados Unidos la venta de armas resulta un gran negocio en el mundo entero. De cualquier manera, agregó que el contrabando de armas se llevaba a cabo a través de las aduanas mexicanas, en donde cedían el paso a cientos de camiones a cambio de notables sobornos.

—Nosotros cumpliremos con las instrucciones del presidente Trump, pero ustedes pongan algo de su parte en las garitas, ¿no…?

—Pero a ver, señor presidente, ¿por qué si la mayor parte de los países, la inmensa mayoría de América Latina, están luchando contra la dictadura de Maduro, usted no rechaza a un dictador que ha hecho polvo a su país? ¿Por qué no apoya al grupo de Lima en contra de ese terrible tirano, de los que ya no queremos en el continente? —preguntó Mike Pompeo.

—La historia de la diplomacia mexicana me obliga a respetar la soberanía de otros países. Siempre hemos estado del lado de la autodeterminación de los pueblos.

—Pues ese siempre no es tan exacto, como fue el caso de Francisco Franco y el de Augusto Pinochet, entre otros más, porque ahí sí rompieron relaciones al tratarse de dictaduras y nada de que la autodeterminación famosa.

—Cierto, pero todavía sostenemos relaciones con Cuba a pesar de toda la presión internacional —agregó Everhard limpiándose el sudor en la palma de su mano, a falta de un pañuelo para tratar de ayudar de alguna forma al presidente.

Todo esperaba Everhard, menos que Pompeo dijera que mientras el presidente Trump construía un muro, los mexicanos saboteaban el proyecto presidencial construyendo a su vez 500 túneles, en realidad narcotúneles, a lo largo de la frontera, tanto para transportar estupefacientes, como para introducir inmigrantes. Nos están tomado el pelo, ¿verdad?, y de pasada nos exhiben ante el mundo, ¿no…?

Las miradas del gabinete, incluida la de Trump, se clavaron en los rostros de sus interlocutores mexicanos. A ver cómo se sacudían dichos cargos.

A los carapálidas, en su insolencia y prepotencia, pensó el canciller en silencio, se les olvida que los mexicanos somos manitas y resolvemos nuestros problemas con recursos inimaginables para las mentes cuadradas. Los gringos no entienden que para uno que no duerme, uno no se acuesta y nosotros no nos acostamos en este caso.

—Estamos en contacto con la NASA para que nos ayude a localizar estos pasajes subterráneos que a todos nos afligen —afirmó el canciller disimulando una sonrisa lo mejor que pudo—. Bien pronto los localizaremos y los llenaremos de concreto. No se preocupen.

Había transcurrido más de una hora desde el inicio de la reunión, por lo que el presidente Trump decidió concluirla con estas palabras que ni Everhard ni AMLO olvidarían jamás:

—Tenemos mucho interés en fortalecer el tratado de México, el T-MEC, a lo que ustedes vinieron, y de impulsar la economía norteamericana y la canadiense, ya que somos los tres poderosos socios de América del Norte, pero no podemos permitir un desplome de la economía mexicana porque al ser vasos comunicantes, nosotros, los norteamericanos, también nos veríamos perjudicados, como ya se dijo, pero mucho más afectados estaríamos si, como se dice, y estoy convencido que es falso, ustedes pretenden instalar un sistema comunista en México. Eso, señores, sería devastador, y escúchenlo bien, estamos dispuestos a emplearnos a fondo para evitar una contingencia gravísima de esa naturaleza. Ya tenemos suficiente con Cuba y Venezuela, y no admitiremos a otro tirano y mucho menos al sur de nuestra frontera. Queremos su cooperación para que nos ayuden con 35 millones de mexicanos que viven en los Estados Unidos para que voten por mí en noviembre y sí, queremos su apoyo, pero no a cualquier precio.

AMLO no retiraba la mirada del tapete bordado con el águila blanca norteamericana. Ni entendía el significado *E pluribus unum*, escrito obviamente en latín. Menos aún comprendía que las 13 flechas sostenidas en la garra izquierda del ave se referían a los 13 estados originales, en tanto en la derecha aparecía una rama de olivo, que simboliza el poderoso deseo de Estados Unidos de mantener la paz, pero siempre listo para la guerra…

—Estoy convencido de que son rumores de sus opositores y nada más —arguyó Trump en tono severo—. Yo les había comentado a mis amigos del partido republicano que, si se llegara a consumar un proyecto socialista en México, en ese mismo momento yo, como presidente de los Estados Unidos, cerraría las llaves de comunicación de toda naturaleza en relación con México. Y ya que hablo de llaves, cancelería con un mero chasquido de dedos las exportaciones de gasolina y gas a su país. Sé que ustedes conocen perfectamente bien esta dependencia energética de México, que solo significa el 80% de sus consumos domésticos. No lo tomen como una amenaza, porque ustedes bien saben que en política lo primero que existe es la maldad y la perversión de nuestros enemigos y sé que muchos me quieren manipular con embustes en contra de ustedes, un juego en el que no caeré —adujo para evitar una condena directa—. Yo no podría creer que ninguno de ustedes pensara en esa locura, por lo que yo no advierto ningún peligro en ese sentido. No se preocupen, les expliqué a mis amigos republicanos que ustedes jamás impulsarían un plan comunista, porque se acabaría la transferencia de tecnología, de capitales, de insumos y de cualquier otro producto norteamericano exportable a México. Paralizaríamos su economía en no más de tres días, les dije para tranquilizarlos. No podrían subsistir, insistí, más de cinco días sin nuestra gasolina, entre otros insumos y servicios. Me reconcilio con México y su gobierno al saber que ustedes jamás pensarían en un modelo comunista porque las consecuencias serían catastróficas, ¿verdad? Afortunadamente, ustedes no piensan así. Bravo, bravo, bravo —aplaudió rabiosamente como si hubiera disfrutado mucho su propia obra de teatro.

Lo dicho por el presidente de los Estados Unidos parecía haber sido insuficiente, por lo que el asesor de Seguridad Nacional disparó al centro de la frente, al entrecejo del presidente mexicano y de su canciller, una vez obtenida de nueva cuenta la autorización de Trump para dirigirse a sus ilustres visitantes:

—Lo que voy a decir a continuación va a ser de gran utilidad para ustedes por si alguien de Morea o de su Congreso quisiera confiscar empresas de alguna u otra forma o embargarlas ante la falta de liquidez para pagar impuestos —con esta primera parte de su alocución se produjo un silencio sepulcral en el Despacho Oval—. Quisiera decirles —continuó el asesor—, solo para que se lo informen a los comunistas encubiertos, que nosotros podemos proponer una ley mediante la cual se declare terroristas a los narcotraficantes, y al ser estos enemigos de los Estados Unidos, podríamos mandar 500 aviones Hércules con miles de marines para caer desde el aire en lugares en donde se producen, se distribuyen y se cobran parte de los enervantes, así como anfetaminas. Sabemos —agregó con los puños cerrados— que esto sería un grave problema con sus fuerzas armadas y con la población general, por lo que nunca quisiéramos recurrir a una ley de esta naturaleza. ¿Ok…? Además de lo anterior —todavía no se cansaba uno de los hombres de más confianza de Trump—, quisiéramos que les hicieran saber a esas personas que pudieran tener tentaciones totalitarias que la Casa Blanca declararía un embargo comercial para que ningún país comprara productos mexicanos ni ustedes pudieran importar otros tantos. Si alguna nación nos desobedeciera, simplemente aplicaríamos la misma medida y congelaríamos comercios y bienes. La guerra es la guerra. Hoy las armas son financieras y bacteriológicas, señores… No lo olviden… Finalmente, y vale también confesárselos, nosotros hablamos con el alto mando militar del presidente Evo Morales y le pedimos que se retirara de Bolivia, ya no lo queríamos en el poder, orden que se ejecutó en términos fulminantes esa misma tarde. No nos gustaría presionar a las fuerzas armadas mexicanas para que hicieran lo mismo con ustedes. Desconfíen de todos y de todo. El diablo está suelto. Estos argumentos se los deben hacer saber ustedes a quienes encuentren confundidos en su país.

Cuando Trump llevaba a cabo un primer esfuerzo por levantarse, el mismo asesor de seguridad hizo hincapié en un tema crítico:

—Nosotros creímos, aquí en Washington, en sus promesas de campaña, presidente Lugo, en el sentido de que construirían un Estado de Derecho, la gran esperanza de su propio pueblo y del nuestro, pero lamentablemente los hechos demuestran que la impartición de justicia en su país continúa centralizada y dominada por usted como en los peores años del PRI, con algunas excepciones, justo es reconocerlo, pero la concentración de los tres poderes de su República en una sola persona es un atentado en contra de la estabilidad y el progreso de México, una clara condición de involución política que nos alarma sobremanera. Me niego a calificar el significado de la fusión de tres poderes en una persona, allá ustedes con las definiciones, pero por la seguridad de ambos países, lo invito respetuosamente a promover la independencia y autonomía de los poderes federales y locales, de modo que se aparten lo más rápido posible de la imagen de un país bananero con todas sus terribles consecuencias.

Dicho lo anterior, Trump dio por concluida la reunión e invitó a una breve conferencia de prensa al presidente mexicano, no en los jardines de la Casa Blanca como se acostumbraba, sino en un salón reservado para tal efecto. AMLO tenía la mandíbula descoyuntada, mientras que Everhard ocultaba sus sentimientos al ceder el paso cortésmente a los integrantes del gabinete yanqui.

En esta ocasión, los periodistas también podrían preguntar lo que juzgaran más conveniente, en la inteligencia que por el momento no podrían publicar sus notas en sus respectivos periódicos. Esperarían, según lo acordado, para filtrarlas posteriormente a los columnistas y a las redes sin que se supiera el origen que todos conocían. A saber si era mejor la conferencia de prensa en los jardines, a cielo abierto… Era la doble moral yanqui.

Everhard tuvo que escoger entre ambos encuentros con la prensa. Imposible negarse a participar en cualquiera de las dos. Trump acompañaría a AMLO en el evento con el ánimo de suavizar, en lo posible, las agresiones de los lobos de la prensa, ávidos de sangre. AMLO asistió y respondió con traducción simultánea, sin que sus argumentos salieran publicados en los periódicos ni expuestos en la televisión ni en la radio. Estaba descompuesto, al igual que el canciller. Desencajado. Con el tiempo se tendrían los detalles de lo acontecido, pero sin notas espectaculares de ocho columnas al día siguiente. Esa era parte de la escuela del periodismo norteamericano. Después de un breve *lunch*, muy breve, por cierto, con un brindis hipócrita con rostros y sonrisas plastificadas, la comitiva mexicana regresó a su hotel para tomar el próximo avión a Nueva York. El presidente Lugo Olea, según comentaron sus colaboradores, no volvió a abrir la boca ni a bordo de la limosina ni en el vuelo a la Gran Manzana, ni siquiera hizo alusión alguna a la visita durante el trayecto aéreo que lo condujo a la Ciudad de México. Pasaría mucho tiempo antes de pronunciar una sola palabra. Se sentía aplastado y destruido. Por supuesto que la 4T moribunda ahora se había muerto para siempre. ¿Cómo explicarles a sus seguidores el bandazo que daría para conducir a México a un verdadero estadio de desarrollo y olvidar su versión mexicana de la dictadura del proletariado?

Todo podía imaginar el ciudadano presidente de la República menos que, al abordar el avión de regreso a México, al sentarse cómodamente, rodeado de sus colaboradores, uno de los pasajeros, deseoso de escupirle a la cara, prefiriera rematarlo con un afiladísimo verduguillo al levantarse y entregarle, con absoluta mala fe, el periódico *La Atalaya*, el famoso diario crítico de la 4T, que llevaba, como siempre, en su primera plana, en la parte superior a la izquierda, una columna firmada por el maldito Martinillo, el miserable Gerardo González Gálvez, también conocido, con sentido del humor, como el GGG…

Cuando México perdió la esperanza

por Gerardo González Gálvez

Perdón, querido lector, que pasas la mirada por estas breves líneas, ya sé que me repito, perdón, pero lo malo de repetirme, como bien decía Karl R. Popper, es no poder repetir lo dicho con las mismas palabras…

Pocos, muy pocos presidentes de la República habían llegado al poder con tanta popularidad y poder político como Lugo Olea. Tenía en su mano, claro está, el Poder Ejecutivo, además de una gran mayoría en el Congreso de la Unión y otra gran mayoría en los congresos locales, como para ejecutar vertiginosamente una verdadera transformación de México en los términos prometidos durante sus interminables campañas presidenciales. ¿Resultado?

¿Construyó un Estado de Derecho, el sueño de la mayoría de los mexicanos? ¡No! ¿Nombró a un Fiscal General para encarcelar ex presidentes, renunciando a la aplicación de más justicia selectiva? ¡No! ¿Hizo su mejor esfuerzo al fortalecer los organismos autónomos y consolidar así la incipiente democracia mexicana? ¡No! ¿Cumplió con su objetivo de erradicar la corrupción? ¡No! ¿Hoy en día las compras del gobierno federal se llevan a cabo por medio de licitaciones de acuerdo con la ley? ¡No! ¿Ahorró los 500 mil millones de pesos prometidos al acabar con la putrefacción política heredada del PRI? ¡No! ¿Logramos obtener un crecimiento económico del 4%, el doble del conseguido por

Pasos Narro? ¡No! ¿Funcionó la estrategia de seguridad nacional para aplastar al hampa a base de abrazos y no balazos? ¡No! ¿En 18 meses de gobierno se lograron reducir los feminicidios? ¡No! ¿Se obtuvo un notable éxito al rescatar a millones de mexicanos de la pobreza? ¡No! ¿Los ciudadanos pueden salir a la calle con la seguridad de que no van a ser asaltados y que volverán a sus casas sanos y salvos? ¡No! ¿Se pudieron contratar millones de empleos para garantizar la prosperidad de la nación? ¡No! ¿Se le concedió a los capitalistas mexicanos y extranjeros la certeza jurídica para invertir en México? ¡No! ¿Se llevó a cabo una reforma educativa para arrancar de raíz la ignorancia de la mayoría de nuestros estudiantes? ¡No! ¿Se continuó vendiendo la marca México como el país de la oportunidad, de acuerdo con el esfuerzo realizado por muchas generaciones? ¡No! ¿México está bien representado en el exterior en foros y asambleas internacionales en donde el jefe de la nación promueve y defiende lo mejor de nuestro país? ¡No! ¿Es válida la tesis consistente en que la mejor política exterior es la interior? ¡No! ¿México es más respetado hoy en día en el concierto de las naciones? ¡No!

¿Lugo Olea es "el mejor presidente de la historia de México"? ¡No! ¿Cumplió su palabra cuando afirmó que no fallaría? ¡No! ¿El ambiente de frustración, crispación, incertidumbre y desilusión ayuda al desarrollo nacional con sus enormes beneficios sociales? ¡No! ¿La cancelación de la construcción de un gran aeropuerto internacional, un gigantesco "HUB", un magnético centro de conectividad mundial, estimulará el crecimiento económico? ¡No! ¿Acabar con los emprendedores, con el programa ProMéxico y con el Consejo de Promoción Turística facilitará la creación de riqueza y de empleos, así como la captación de divisas? ¡No! ¿Sus políticas fortalecieron el peso antes de la pandemia y convencieron a los ahorradores mexicanos y extranjeros de las ventajas de invertir en el país? ¡No! ¿Fue un éxito la idea de la Guardia Nacional? ¡No! ¿Sus proyectos faraónicos, suicidas, como el Tren Maya, Dos Bocas y el aeropuerto de Santa Lucía serán en beneficio de México? ¡No! ¿Es inteligente invertir miles de millones de dólares en una refinería, sin olvidar que cuando concluya la obra, la mayor parte de la planta automotriz será eléctrica? ¡No! ¿Es válido regalar el ahorro público como parte de un proyecto clientelista camuflado de asistencialismo para asegurar votos en el futuro? ¡No! ¿Es entendible el despido de la alta burocracia creativa y trabajadora? ¡No! ¿Se debe aplaudir la política de cancelar el auxilio financiero a las empresas para rescatarlas de la quiebra y con ello evitar el desempleo de millones de mexicanos? ¡No! ¿Debemos aceptar misteriosos súper delegados, procónsules, nombrados para centralizar el poder político y confirmar las tentaciones totalitarias de AMLO? ¡No! ¿Conviene que varios estados rompan el pacto federal ante la injusticia de las participaciones federales para propiciar la destrucción del país? ¡No! ¿Usted aprueba que un ingeniero agrónomo, incapaz de cultivar una flor, sea el director general de Pemex, antes la empresa más importante de México? ¡No! ¡No, no y no...!

Por supuesto que las preguntas podrían ser interminables, al igual que las negativas, solo que valdría la pena recordarle al presidente Lugo Olea que los mexicanos sufrimos la tragedia de la conquista de México, padecimos la mutilación de nuestro país a manos de los norteamericanos, nos matamos entre nosotros durante la Guerra de Reforma, soportamos la intervención francesa, nos volvimos a matar entre todos a lo largo de la Revolución Mexicana, aguantamos estoicamente las regresiones y los desfalcos de la diarquía Obregón-Calles y los de la interminable Dictadura perfecta; no logramos el éxito anhelado con la alternancia del poder ni mucho menos con el regreso del PRI al poder, luchamos, siempre luchamos y seguiremos de pie. Por supuesto que la 4T ha impedido e impedirá aún más la materialización de los grandes sueños mexicanos, pero sabremos reponernos de esta nueva catástrofe populista. Tal vez fue necesaria la aplicación de una purga tan terrible como la que AMLO administra a México, pero será útil para no volver a ser víctimas de la verborrea que esconde las intenciones verdaderas de los candidatos a puestos de elección popular. No nos dejaremos vencer, ni hoy ni nunca.

Todavía tenemos esperanza en el sentido del honor y en las convicciones patrióticas de los ministros de la Corte por más presiones que reciban del Ejecutivo. De ellos, de tan solo 11 personas, dependen en buena parte el futuro y el bienestar de México. Tenemos esperanza en el coraje de gobernadores y en los legisladores de la oposición. Han demostrado aquellos su valentía al conformar un frente contra el tirano y estos últimos impidieron que AMLO se apropiara del presupuesto federal a su antojo. Tenemos esperanza en el Banco de México que ha sabido defender su autonomía y evitar que el presidente lo maneje de acuerdo con sus impulsos suicidas con los cuales precipitaría la ruina de México. Tenemos esperanza en instituciones como Mexicanos Contra la Corrupción que exhibe los embustes presidenciales y la corrupción de la 4T, peor, mil veces peor que la priista, que ya es decir. Tenemos esperanza en el Consejo Coordinador Empresarial que logró apoyar a las empresas mexicanas con cuantiosos y cómodos créditos del Banco Interamericano de Desarrollo. Tenemos esperanza en que somos muchos más los buenos que queremos a México que la pandilla que nos gobierna. Tenemos esperanza en una creciente oposición entre el sector político, el social, el sindical que defiende sus Afores y el empresarial que defiende los puestos de trabajo y las fuentes de riqueza. Tenemos esperanza en nuestro coraje por defender la propiedad privada e impedir la pérdida de nuestro patrimonio que hemos logrado consolidar con el trabajo de muchas generaciones. Tenemos esperanza en nuestro futuro y sabremos pelear para consolidarlo a pesar de este terrible descalabro.

La 4T está muerta, se trata de un cadáver insepulto. Lo verdaderamente traumático de esta precoz experiencia necrológica no es el afortunado deceso, la desaparición política de una camarilla de demagogos dirigida por un supuesto iluminado cargado de resentimientos, odios y confusiones mentales y emocionales, un místico frustrado, incapaz de respetar voces y opiniones ajenas, dispuesto a destruir México con tal de imponer sus recetas extraídas del bote de la basura del siglo XIX… No, lo verdaderamente trágico de la sonora catástrofe moreista es que no solo enterrará a los obnubilados o desesperados que votaron por Lugo Olea sino a toda la nación, comenzando por los pobres, aquellos que juró rescatar de la miseria cuando era investido con la banda presidencial.

México perdió la esperanza, sí, pero la perdió en AMLO y en su 4T. Ahora nos toca de nueva cuenta reconstruir México…

Al terminar la lectura de la columna, Lugo Olea arrugó *La Atalaya* a manotazos y lo guardó furioso en la bolsa ubicada en el respaldo delantero. Acto seguido, reclinó su asiento y cerró los ojos apartándose del mundo para huir de su terrible entorno. ¡Qué privilegio le había dispensado la vida al pasajero que tuvo la feliz oportunidad de regalarle el periódico para darle un bofetón, a la distancia, ¡nada menos que al presidente de la República! Sobra decir que reía a carcajadas.

Al llegar a Palacio Nacional permaneció durante muchas horas en su despacho, antes de llegar a su dormitorio y saludar, frustrado y de mala manera, a Brigitte. Se había perdido el glamour. No podía engañarse, estaba perdido. Tenía varias alternativas: una consistía en dar un golpe de timón y traicionar su pensamiento político y su movimiento social con cualquier pretexto, tal vez una iluminación inusitada, antes de que Trump paralizara al país moviendo cualquiera de los alfiles, caballos y torres de su ajedrez político y económico. De encaminarse en esa dirección, estaría más muerto que los muertos, y jamás le construirían un hemiciclo como el de Juárez, ahora en el Paseo de la Reforma, para honrar su memoria. Opción cerrada. ¿Cuál otra? Renunciar y convocar a elecciones presidiendo él todavía el Poder Ejecutivo. No, ni muerto, no renunciaría jamás, pensó mientras veía a través de la ventana cómo ondeaba la inmensa bandera tricolor iluminada en el corazón mismo de la República. ¡No!: de renunciar ni hablar. Además, ¿cuál podría ser una razón válida? ¿Entonces? Entonces quedaba abierto un camino, el de la heroicidad que le permitiría ver por un tiempo más a la cara, sin culpa alguna, a su pueblo, a su querido pueblo, que finalmente lo eternizaría en los libros de texto como uno de los gigantes de la historia. Si nunca había ingresado a un hospital público para compadecerse con los familiares de los enfermos de coronavirus, ahora lo haría… Tomaría la mano de los moribundos convenciéndolos de las ventajas de la vida eterna en el paraíso. Sí, ¿cómo no se le había ocurrido antes, carajo?: ganaría popularidad asistiendo a las casas funerarias para abrazar y fortalecer a quienes habían perdido a un ser querido víctima de la peste. Se trataba de ganar prestigio y contagiarse lo más pronto posible. Necesitaba morir, sí, morir, pero morir ¡ya, y ya era ya!, de la misma manera en que el Benemérito de las Américas había muerto en la cama, en Palacio Nacional. Le urgía contaminarse con el virus, por eso mismo iría a los panteones municipales a ayudar a cavar fosas comunes y colaborar en los trabajos de incineración de cadáveres laborando en los hornos crematorios. Fotos, reportajes, videos, eso requería para difundir su amor por los mexicanos, sobre todo por los pobres. Nadie conocería sus verdaderas intenciones y sería inmortalizado como uno de los máximos próceres que habían ofrendado su vida a la patria.

Moribundo, expediría un decreto, el último, para llevar a cabo sus rituales necrológicos con gran rigor marcial. Se adelantaría a los acontecimientos. Lo velarían con todos los honores en el Patio Central de Palacio Nacional. Su ataúd estaría cubierto con la bandera tricolor y permanecería escoltado de día y de noche por cadetes del Heroico Colegio Militar vestidos con sus uniformes de gala. La orquesta de la Secretaría de Marina interpretaría el himno nacional tres veces al día a todo volumen, ayudada por enormes bocinas de modo que las notas vibrantes de nuestra oda nacional se escucharan a lo largo y ancho del Valle del Anáhuac, eso sí, siempre y cuando no se perdiera el respeto y retiraran a tiempo el féretro por si llovía, dado que el nuevo presidente mártir fallecería en plena temporada de lluvias y se podría deslucir el homenaje. Al primer chipi-chipi tendrían que correr a guardar la caja bajo techo. Muchos seguidores preferirían no asistir a las honras fúnebres con tal de no mojarse. Todo tenía un límite. El clima no le ayudaría en nada, pero de que tenía que morir, eso sí, tendría que morir, y mientras menos tiempo perdiera mejor. ¡Ah! ¿Y un infarto provocado? Al amanecer hablaría con su médico… El "Detente" podía irse mucho al carajo.

Queridos lectores:

En febrero de 2019 arrancaba este ejercicio narrativo como un esfuerzo por correr al lado de la realidad y anticipar su ruta y su lamentable descarrilamiento. Ya en ese entonces, esta casa editorial les compartía que esa primera entrega, *Ladrón de esperanzas*, era la punta de lanza para una saga que busca explicarse los devenires de México en el contexto actual. La segunda parte, *La felicidad de la inconsciencia*, se está cocinando en este momento en las calles y en el despacho del escritor. Pero la crisis que estamos viviendo, esta pandemia atemorizante, obliga y urge la publicación de esta novela corta, de este puente entre las dos entregas de la serie de ficción política en la que ningún parecido con la realidad es mera coincidencia.

Sigan muy atentos, pues las preguntas resultantes de esta lectura les serán respondidas en la siguiente entrega. Y para quienes no hayan leído *Ladrón de esperanzas*, no se pierdan la oportunidad de descubrir en dónde inició todo.

Tengan confianza en que, tan pronto las haya, esta casa editorial les dará noticias sobre *La felicidad de la inconsciencia* o de cualquier otra novela necesaria y urgente que se cruce en este camino narrativo.